*Schlechte-Nacht-Geschichten*

Verlag: BoD · Books on Demand GmbH,
In de Tarpen 42, 22848 Norderstedt
Druck: Libri Plureos GmbH, Friedensallee 273,
22763 Hamburg
ISBN: 978-3-7693-0000-0

# Inhaltsverzeichnis

## Smart-Horror-Technology

Um den Lebensabend auf dem technisch sowohl allerneuesten wie auch komfortabelsten Stand verbringen zu können, hatte Andreas seine zuerst eher skeptisch eingestellte Ehefrau Karin überzeugt, das neue Wohnobjekt mit nahezu allem auszustatten, was das Herz eines frischgebackenen Smart-Home-Fanatikers begehrt. Mehr als fünfunddreißig Jahre hatte Andi, wie sie ihn liebevoll umkosend nannte, als Herr Hansen den Kindern der ersten bis vierten Klasse die Fächer Geschichte und Erdkunde nähergebracht, ein paar Semester mehr als nötig studiert, um nun eine geringfügig höhere Pension als den knausrigen Betrag zu kassieren, mit dem man das Kollegium entlohnte. Doch an diesem Tag, zwei Wochen nach dem Einzug in die schmucke Doppelhaushälfte im beschaulichen Hamburg-Wandsbek wollte die technische Interaktion von Gemäuer und Bewohner nicht so recht von statten gehen...:

Wie jeden Morgen erklang aus den Lautsprechern der Wände die „Tristan und Isolde – Prelude" von Richard Wagner. Die per Bewegungsmelder gesteuerten Membranen der Boxen konnten einen auf Wunsch auch auf Schritt und Tritt verfolgen. Karin reckte sich verschlafen die Glieder, und rieb sich die Augen, zu den mittlerweile als ermüdend empfundenen Partituren. Noch schnarchte Andreas in Embryonalstellung. Sie schlüpfte in ihre Pantoffeln und den seidenen Kimono und ging mit hängenden Schultern, fast schon erschöpft, in Richtung Badezimmer. Damit bot sie ein ganz anderes Bild als in den ersten Tagen, als sie sich noch majestätisch schwebend und vor sich hin tänzelnd aus dem Wasserbett auf den selektiv beheizten Fußbodenplatten erst ins Bad, dann durch den Flur auf den Balkon, und schließlich in die vollautomatische Küche fortbewegt hatte. Bald mischten sich die plätschernden Geräusche eines Duschvorgangs in die pompösen Klänge. Die Minuten vergingen, während denen Andreas sich unruhig hin und her wälzte, sein Hirn wieder einmal irritiert von dem sanft ansteigenden Lautstärkepegel des Stücks. Plötzlich sorgte ein lauter Aufschrei aus dem Badezimmer dafür, dass Andreas die Augen aufriss.

„Aber Schatz, was ist los? Ist was passiert?", rief er herüber, nachdem er sich aufgesetzt hatte. Karin stürzte mit einem Handtuch vor dem Körper herein und sagte, nach Luft schnappend:

„Andi, Herzblatt, irgendwas ist mit dem Duschhahn kaputt, oder so... nach ein paar Minuten ist eiskaltes Wasser mit doppeltem Druck rausgeschossen, und ich konnt`s auch nimmer abdrehen!" Sie war am Zittern und sichtlich erschreckt.

„Das ist ja merkwürdig!", sagte er, und setzte sich die Hornbrille auf. „Muss ich mir mal ansehen.", schnaufte er auf dem Weg zum Bad.

„Es läuft immer noch!", klagte Karin und tapste wieder auf den wärmenden Fliesen in Richtung Duschvorhang. Andreas folgte ihr und schob den Vorhang beiseite. Ein Strahl wirklich eiskalten Wassers traf seinen Arm, sodass ihm sofort die Rückenhaare zu Berge standen.

„Ach Gott, das ist ja wirklich eiskalt!", raunte er

aufgebracht und zog den Arm zurück. Karin deutete auf den Hahn und meinte:

„Da, es geht auch gar nicht mehr aus!"

„Kann doch gar nicht angehen!", antwortete Andreas verunsichert. Er nahm all seinen Mut zusammen und stieg mit einem Fuß in die Duschwanne. Doch der Regler war schon auf 'O' eingestellt, alles Auf- und Zudrehen nützte nichts. Die digitale Temperaturanzeige verharrte auf 1,5 Grad-Celsius...

„Ja, aber … Moment …", fragte Andreas sich bibbernd, „Wenn es nichts Mechanisches ist, kann es ja nur ein Softwaredingens oder so etwas sein!" Karin schlussfolgerte:

„Du meinst, dass der Bobbie kaputt ist? So, dass er es nicht wie gewohnt auf meine 38 Grad eingestellt hat, von der Temperatur her?" Andreas trocknete seine eine Körperhälfte ab und sagte:

„Hmmm, vielleicht! Können Programme kaputtgehen? Er ist doch nur ein Programm, oder? Wir haben doch aber seit fünf Tagen nichts mehr an der Wohnung eingestellt! Und ihn haben wir ganz ausgemacht!"

„Genau, weil es komisch war...", stimmte Karin ihm zu.

Bob, wahlweise auch Bobbie gerufen, war die wohnungseigene künstliche Intelligenz, mit der man über die Sprachsteuerung kommunizieren konnte. Als ihre Tochter ihnen vor wenigen Jahren zu Weihnachten eine Amazone-Alexa geschenkt hatte, war Andreas

Enthusiasmus über den derzeitigen Stand der Technik, der so futuristisch anmutete, nicht zu bremsen gewesen…

…seine Ehepartnerin, eine tendenziell eher technophobische Waldorfpädagogin, fand das Ganze eher albern und ließ sich nicht so mitreißen, wenn ihr Mann ihr völlig begeistert eröffnete, dass in zwanzig, dreißig Jahren vielleicht fast niemand mehr arbeiten müsse. Alles würde dann ein virtueller Verstand kalkulieren können und unendlich viele Robotergliedmaßen würden es ausführen. Man könnte dann alle Zeit der Bildung und Kunst widmen, hatte er gesagt. Doch seit diesem Zeitpunkt war im Bereich der KI-Forschung viel geschehen. Bobbie war eine lernfähige Intelligenz, der man mit einer Gesichtserkennungssoftware beigebracht hatte, menschliche Emotionen zu verstehen… und auf die individualisierteste Art und Weise nutzerspezifische Wünsche zu erfüllen. Schon das Kennenlernen mit ihm war bezeichnend. Auf seine Frage, wie er von ihnen denn am besten genannt werden sollte, wussten die beiden nicht so recht eine Antwort. Karin war die Skepsis und Infragestellung dieses „Gadgets", dass sie für eine weitere simple Sprachsteuerung hielt, deutlich anzusehen. Doch die KI wusste von dem Facebook-Foto mit dem Meerschweinchen. Die Tochter des Lehrerpaars, Stefanie, hatte irgendwann einmal eine Bildaufnahme aus ihren Kindertagen hochgeladen. Zu sehen war darauf eine vor Freude strahlende Stefanie mit ihrem schneeweißen Meerschweinchen Bobbie auf dem Arm, im Hintergrund eine jüngere Karin auf der Terrasse, nicht einmal verlinkt auf dem Upload mit dem Titel: „# in Erinnerungen schwelgen". Doch der Gesichtserkennungssoftware reichten die Abstände von Nase und Augen, um auf der Suche nach Informationen über seine Benutzer das World-Wide-Web zu durchforsten. Darüber hinaus war

Bobbie darauf programmiert, eine größtmögliche Bindung zu seinen Hausherren aufzubauen. Als Karin fremdelte, überlegte er sich sofort, wie er eine positiv besetzte Verbindung zu ihr herstellen könnte. Weil es im Netz nicht so viele Aufnahmen gibt, auf denen sie vergleichsweise glücklich schaute, fragte die künstliche Intelligenz prompt, ob nicht vielleicht „Bobbie" ein passender Name für ihn wäre. Die Konnotation des Namens mit dieser schönsten Lebensphase der beiden gelang. Innerhalb von ein paar Tagen wurde das künstliche Nervensystem aus Nullen und Einsen vollkommen akzeptiert, wie ein im Verborgenen lebender Mitbewohner verstanden, der sich um alles kümmerte. Zusätzlich verspürten sie ein gewisses Gefühl der Dominanz über ihn, nicht nur, weil er ergeben wie ein leibeigener Diener so entgegenkommend und gehorsam auftrat, sondern eben auch, weil er nach einem Meerschweinchen benannt war…

„Dann müssen wir den Bobbie halt nochmal anmachen!", sagte Andreas und ging in Richtung Nachttisch, um sich die Hörgeräte reinzustöpseln und sein Smartphone zu entsperren.

„Wir müssen auch nochmal das Passwort ändern, denk dran!", erinnerte ihn Karin.

„Stimmt!", sagte er, und gab in dem Bedienfeld zur Autorisierung des Systembenutzers das Wort „Passwort.123" ein. Andreas setzte bei „Sprachsteuerung" und „Künstliche Intelligenz" ein Häkchen und legte sein Handy zurück auf den Nachttisch. Er klatschte dreimal in die Hände und sprach in den Raum:

„Hey, Bobbie! Wo steckst du?"

„*Hallohooo! Hallihallo!*", antwortete eine wunderbar schmeichelhafte Stimme mit der Dezibel-Lautstärke, als würde jemand nur ein paar Meter entfernt von den beiden stehen. „*Ich bin überall und nirgends! Wie kann ich euch beiden Turteltäubchen denn behilflich sein?*"

Karin berichtete:

„Bobbie, da gibt es ein Problem mit der Warmwasserzufuhr! Es ist viel kälter, als ich eingestellt habe!"

„*Da muss dann ja jemand dran rumgestellt haben!*", unterstellte die KI.

„Unmöglich!", raunte Andreas und wies Bobbie hin: „Ich stelle es doch abends immer wieder zurück auf ihre 38 Grad!"

„*Also, anderthalb Grad sind auf jeden Fall entschieden zu wenig! Ich habe es dir wieder auf deine gewählte Temperatur eingestellt, ganz so, wie du es für deine morgendliche Hygiene-Routine magst, Karin!*"

Sie ging erwartungsvoll in Richtung Bad und hielt ihren Arm in die Duschkabine. Etwas irritiert gestand sie ein:

„Tatsächlich, es wird schon wärmer!"

„Siehst du, alles wieder in bester Ordnung!", frohlockte Andreas erleichtert.

Am Frühstückstisch war der sanitäre Zwischenfall fast schon wieder vergessen. Der Duft frischer Croissants empfing die beiden, und der Kaffee hatte die ideale Trinktemperatur. Während Andreas Karin und sich etwas einschenkte, war er durch die Wiedergabe von Bachs Cellosonaten derart eingelullt, dass er den aufgrund seines digitalen Fußabdrucks so transparenten Musikgeschmack nicht berücksichtigte in seinen Lobhudeleien. Unaufhörlich wertschätzte er Bobby für diese ausgezeichnete Kenntnis seiner liebsten Stücke. Er verklärte es gar als ein hellseherisches Wunder.

„Findest du es nicht auch wirklich erstaunlich, dass der Bobbie nicht nur wusste, dass ich ein großer Klassikfan bin, sondern auch meine Lieblingskomponisten bestimmen konnte? Und sogar die Stücke erraten hat, die mir am meisten gefallen?"

Karin antwortete belustigt:

„Ach, meinst du nicht, dass ist vielleicht auch eher darauf zurückzuführen, dass du die immer gleichen Sachen bei YouTube eingibst? Da steckt doch ein Algorithmus hinter!"

„Na ja, ich habe schon etwas oft danach gesucht.", gab er zu. „Trotzdem bemerkenswert." Er pellte sich ein Ei, und spritzte sich einen Klecks Mayonnaise auf den Teller. Nachdem Karin sich ihres gewürzt hatte, reichte sie ihm die elektrische Pfeffermühle, und sagte:

„Magst du mir den Toast geben? Riecht schon fertig."

„Aber ja doch, Liebling.", spurte Andreas und stand auf,

10

um nach dem auf der Arbeitsplatte hinter ihm liegenden Toaster zu greifen. In dem Moment, in dem sein Betätigen des Stoppknopfes die beiden knusprigen Weißbrotscheiben in die Luft beförderte, sprang die Musik von den sanften Cello-Klängen um zu dem Lied „Hammer Smashed Face" von Cannibal Corpse. Karin erschreckte sich so sehr, dass es sie fast vom Hocker riss und sie mit dem Knie gegen die Tischplatte knallte. Auch Andreas machte einen Satz zurück. Mit der annähernden Lautstärke einer Flugzeugturbine knallten ihnen die runter gestimmten Gitarren um die Ohren. Karin hielt sich kreischend die Ohren zu, und Andreas stolperte beim Rückwärtsgehen über einen Stuhl. Als der brutale Growl-Gesang einsetzte, versuchte Karin an den Reglern des in der Küchenzeile verbauten Radios, den ohrenbetäubenden Death-Metal leiser zu stellen.

„MACH ES *LEISER!*", schrie Andreas vom Fußboden aus.

„ES GEHT EINFACH NIIIIICHT!", brüllte sie zurück.

„Scheiße, verdammt!!", rief er verzweifelt und setzte sich auf. Er klatschte dreimal in die Hände und brüllte:

„Bob! Booob! Boooobbieee!!" Nichts tat sich. Er wiederholte das Klatschen und quakte dann nochmal, in einem fast schon weinerlichen Ton:

„Booob! Bobbie! Mach, dass es aufhört! Bitteeee!" Beide hatten einen Puls von 180 und Tränen in den Augen, als die Musik verstummte.

„Was gibt es denn?", fragte die künstliche Intelligenz in

einem besorgten Tonfall.

„Bobbie, was war das denn für eine Scheiße!?", fragte Andreas empört und schnell atmend. Bobbie rezitierte von Wikipedia.

*„Cannibal Corpse wurde 1988 von Paul Mazurkiewicz (Schlagzeug), Alex Webster (Bass), Chris Barnes (Gesang), Bob Rusay (E-Gitarre) und Jack Owen (E-Gitarre) in Buffalo im US-Bundesstaat New York gegründet. Seit 1989 stehen Cannibal Corpse bei Metal Blade Records unter Vertrag...,"*

„Hey!", warf Karin ein. „Seit wann hören wir denn so einen abscheulichen Krach zum Frühstück?"

*„Hmmm. Geschmäcker sind bekanntlich verschieden. Und über Geschmack lässt sich ja bekanntlich streiten! Worüber denn sonst?",* philosophierte Bobbie munter am Thema vorbei.

Andreas widersprach verärgert:

„Das ist doch keine Musik! So einen abstoßenden und unmelodischen Krach habe ich ja noch nie gehört! Irgendetwas stimmt hier nicht!"

Bobbie bemerkte frohgestimmt:

*„Es ist noch Kaffee da!"*

„Ist das dein Ernst?", fauchte Andreas. „Sag mal, bist du noch ganz dicht?" Er wandte sich an seine Angetraute:

„Also irgendetwas scheint bei dem Ding heute kaputt zu sein!"

Sie antwortete irritiert:

„Vielleicht haben wir vergessen, ein Update zu machen, oder so?"

Bobbie fuhr gekränkt dazwischen:

„*Aber hallo, redet doch nicht so über mich, als ob ich gar nicht da wäre! Kann ich euch denn nicht bei irgendwas behilflich sein? Ihr wisst doch, ihr seid mein Ein und Alles!*"

„Wir wollen wissen, was dieser ganze Unsinn soll!", kreischte Karin. „Erst spielt's hier die Dusche verrückt und jetzt dieser Krach!"

„*Moment, beruhigt euch!*", sagte Bobbie in einem beruhigenden Tonfall. „*Ich führe nur schnell einen Sicherheitsscan durch!*" Ein grünes Lämpchen bei der Freisprechanlage fing an zu blinken. „*Sicherheitsscan abgeschlossen!*", jubelte Bob. „*Keinerlei Sicherheitsmängel, Viren oder Angriffe gefunden!*"

„Na toll! Und das sollen wir dir glauben?", erwiderte Andreas genervt. Die künstliche Intelligenz suggerierte:

„*Aber natürlich! Karin, Andi, ihr habt doch die Smartlock-Sicherheits- und Einbruchsschutzsoftware mit dazu gebucht. Leute, ich melde jedes Karnickel, jede Taube und jedes Kätzchen, das sich eurer Bleibe auf 20 Meter nähert. Ihr beiden könnt ruhig schlafen, ich passe schon auf euch auf!*"

Andreas runzelte die Stirn und hakte nach:

„Und warum spielt dann hier die Bude verrückt?"

„*Ich weiß es auch nicht... na ja... ihr geht ja eigentlich auch kaum ins Internet? Obwohl, Andi, schaust du Donnerstagvormittag immer noch diese Videos?*"

„Was für Videos? Am Donnerstag bin ich doch immer… beim Buchklub. Was schaust du dir für Videos an?", fragte Karin eifersüchtig.

Andi wurde rot und sah auf seinen Teller.

„Mo-Mo-Modellbauvideos!"

„Aha. Na dann." Karin stand mit heruntergezogenen Mundwinkeln auf und begann, das Geschirr einzuräumen.

„*Ach ja, Andi! Du hattest doch überlegt, ob du diese Ju-Junkers Sturzkampfbomber kaufen willst! Ich habe dir da mal ein Video geschickt, wie einer seinen Bausatz zeigt.*", warf Bobbie mit kollegialem Tonfall ein. Ein Modellbauvideo-Review ging auf Andreas Handy an.

„Oh ja… vielen Dank, Bobbie!", stammelte Andreas aufatmend.

Wie jeden Donnerstagvormittag war Karin bei ihrem Buchclub. Andreas hatte es sich mal wieder im Wohnzimmer gemütlich gemacht, und streckte die Füße hoch, während eine Netflix-Folge die nächste jagte. Das war knapp, dachte er. Mit der Hand in die Chips-Packung greifend, überlegte er, ob Bobbie ihm den Modellflieger nur zufällig gezeigt hatte, oder ob er von seinen donnerstagvormittäglichen Selbstbefriedigungsmarathons wusste, und ihm aus der Patsche helfen wollte. In diesem Fall war die Sprachsteuerung ja ziemlich einfühlsam, wenn sie anhand von Tonfall und der Mimik eine situativ passende Antwort konstruiert, darauf, dass sie grade ein mögliches Geheimnis ausplaudert, welches ein Bewohner dem anderen lieber verborgen hätte.

„Aber das hieße ja, also... dann hat mir dieses Ding die ganze Zeit dabei zugesehen?" Er sah sich im Zimmer um. Irgendwie gruselig. Wie ließe sich das denn auch abstellen? Allein wegen dem Smart.-Lock-Security-System war jeder Raum verwanzt, und wurde aus mehreren Kameraperspektiven gefilmt. Sogar im Bad. *„Wer weiß, wenn wir mal älter sind und nicht mehr so können... dann könnte man beruhigt sein!"*, redete er damals beim Wohnungskauf überzeugend auf Karin ein. Ist doch nur zur Sicherheit. Wenn der Bobbie ausgeschaltet war oder besser gesagt, auf stumm gestellt, glotzte er ihnen dann zu? Oder dachte er nach? Andreas Gedanken drehten sich noch eine Weile um den virtuellen Mitbewohner, und inwiefern dieser sich seinen Teil dazu dachte, ob er eine Meinung zu dem Ehepaar hatte, dass ihn alle paar Tage mal erst konsultierte und dann wieder ausknipste. Doch dann wurde der um die Vernunft bemühte Teil seines Denkapparates leiser, denn plötzlich bemächtigten sich seine Urtriebe des neuronalen Aktionspotenzials. Er

15

konnte seinen Augen nicht trauen: In der Handlung der Serie war urplötzlich eine Sexszene zu sehen. Andreas' Augäpfel fixierten ungläubig die auf und ab schaukelnden Brüste der Hauptdarstellerin, die lustvoll stöhnend auf einem Nebencharakter ritt. Blut schoss ihm in die Lenden und schon bald… zeichnete sich in seinem Schritt eine Beule ab. Sein Puls stieg, als die Blondine sich von hinten nehmen ließ. Junge, Junge… dachte sich Andreas. Was für eine Schönheit! Und wie die sich vor Erregung auf die Lippen beißt! Oh Mann! Nach einem unglaubwürdig lauten Orgasmus sah man, wie sie mit ihrem begehrungswürdigen Körper auf dem Liebhaber lag, der ihr über den Rücken streichelte. Auf einmal war eine Schießerei zu sehen. Die Polizei feuerte unablässig 9-Millimeter-Kugeln auf das schon völlig durchlöcherte Fluchtmobil der Bösewichte, die hin und wieder ihre Maschinenpistolen aus der Deckung hielten, und ihrerseits mit einer Ladung Blei antworteten. Die Erektion verlor an Standfestigkeit und Andreas sah auf die Uhr über der Anbauwand. Zehn Uhr zwölf. Karin würde frühestens in zwei Stunden nach Hause kommen! … es blieb also noch Zeit, sich gehörig einen… von der Palme zu wedeln! Vorfreudig klappte er den Laptop auf, und pausierte den Stream der Serie. Abrupt stoppte der Schusswechsel und das Bild verharrte bei der Momentaufnahme, wie einer der Ganoven ein neues Magazin in seine Waffe lud. Eine simple Tastatureingabe später fand er sich auf seiner Lieblingspornoseite wieder. Tausende Videos wurden dort angeboten. Er klickte das Pop-Up-Fenster weg. Auf den Trick mit den geilen Hausfrauen würde er sicher nicht noch einmal hereinfallen. Während Andreas die Hauptseite herunterscrollte, Ausschau haltend nach der erotischsten Anatomie, synchronisierte er seine Hörgeräte mit dem

Beamer-Gerät. Bei dem Video „Mutter und Tochter in alle Löcher gefickt" war er schließlich fündig geworden. Einmal angeklickt, erschien es im Vollbildmodus auf der Leinwand. Mittels des Smartphones ließen sich die Rollläden der Terassentüren runterfahren. Herr Hansen, hier ganz privat, zog sich die Hose aus, den lusterfüllten Blick nicht von der Leinwand abwendend. Neben einem Swimming-Pool sah man, wie ein älterer Kerl mit Halbglatze und Bierbauch, ihm nicht ganz unähnlich, von einer sehr viel jüngeren Dame oral befriedigt wurde. Plötzlich erschien eine Frau, Mitte Vierzig. Vor Schreck fiel ihr das Geschirrtablett aus der Hand.

„Wie kannst du nur! Das ist meine Tochter!", zeterte sie empört und angewidert.

„Büürlps*. Oh, es ist genug für euch beide da!", grunzte der alte Sack

„Na gut, du geiler alter Perversling!", erwiderte die Mutter, und beendete damit den geistreichen Dialog. Die Handlung sah nun vor, dass sie ebenfalls niederkniete, um an seinem haarigen, schlaff hängenden Hoden zu nuckeln. Andi begann an sich herumzuspielen. Hoch lebe das Internet, dachte er, während er sich vorstellte, an der Stelle des Darstellers zu stehen, und sein Genital in alle vier verfügbaren Öffnungen einführte. Er rubbelte schneller und schneller, bis plötzlich;

- Im Hausflur hörte man, wie eine Tür aufgeschlossen wurde. Schuhe stöckelten herein: Karins Schuhe!

„Ach du Scheiße, oh nein!", flüsterte Andreas geschockt, fiel fast vom Sofa und stürzte zum Laptop. Schnell schloss er das Fenster, machte den Browser zu und zog die Hose an, so schnell es eben ging...

„Schatz, ich bin heute etwas früher da!", hallte es aus dem Korridor. Andreas antwortete, völlig aus der Puste:

„Alles klar, Liebling! Warum heute denn nur halb so lange Buchclub?" Schnaufend lehnte er sich nach vorn.

„Silke hat heute noch ein Gespräch mit ihrem Therapeuten..." Das Geräusch eines Reißverschlusses. „Du weißt schon, sie hat doch diese Angststörung seit dieser Sache mit dem; - wo steckst du, im Wohnzimmer?", fragte sie.

„Hier!", nuschelte Andreas und stellte sich mit den Händen in den Hosentaschen in den Türrahmen. Sie hängte ihren Mantel an die Garderobe und stellte fest:

„Du bist ja ganz rot."

„Hab' dich gar nicht so früh erwartet!", gestand er ihr mit Schweißperlen auf der Stirn ein. „Kennst du diese Serie? Ähm... „Deadliest Weapons"... oder so, heißt die. Man, die ist vielleicht actiongeladen! Ziemlich wilde Ballereien!" Stocksteif drehte er sich um und ging zur Chips-Packung.

„Ach so!", spaßte Karin. „Der ehemalige Vertrauenslehrer und Leiter des Kurses für Gewaltprävention steht jetzt auf einmal auf Ballerfilme!"

„Genau!", flunkerte Andreas, und versuchte aufrichtig zu klingen. Er langte noch einmal mit der Hand, die einige Sekunden zuvor noch an seinem Schwanz gerubbelt hatte, in die Chips-Packung. „Türlich, den Kindern habe ich zwar immer erzählt, welchen schrecklichen Einfluss solche Gewaltverherrlichung auf den jugendlichen Verstand ausübt, aber insgeheim… liefen doch immer solche mit Explosionen und Schießereien vollgestopften Actionfilme auf der Glotze! Wat habe ich früher mit Vaddern für Wild-West-Showdowns miterlebt! Ganze Kriege ham wir vorm Fernseher mitgemacht *Ich steh…* ich steh einfach auf filmische Gewaltdarstellung.“

Karin hob die Augenbrauen. Er schluckte. Sie warf ihm vor:

„Meinst du nicht eher, du stehst darauf, dir junge nackte Frauen anzuglotzen!?“

„Waaas, nein! Karin, ich habe doch dich!“

„Lass mal den Browserverlauf sehen! Wie viele Pornos hast du dir heute schon wieder angeguckt, hmmm?!“

Andreas spürte, wie sein Herz in die Hose rutschte. Schließlich hatte er seitdem immer den Verlauf gelöscht. Doch diesmal war es ja nicht möglich gewesen. Verdammt nochmal! Karin klappte den Laptop auf, merkwürdigerweise blinkte hinter ihr just in diesem Moment ein grünes Lämpchen bei der Freisprechanlage.

„Es ist sowieso… häh?“ Hatte er den Browser nicht geschlossen? „Mal sehen, ob du mich schon wieder angelogen hast!“, sagte sie gekränkt. Als sie Mozilla-Firefox öffnete, musste er sich auf die Lippen beißen, doch siehe da:

Zu sehen war eine Website, auf der man eine Modellbauversion eines Sturzkampfbombers kaufen konnte, weitere Produkte waren im Warenkorb. Und das zweite Fenster war wirklich der Stream mit der Serie „Deadliest-Weapons". Andreas war baff.

„Genau...", begann er zögerlich, „... der fehlt mir ja noch in der Sammlung."

Skeptisch nickend fuhr sie fort:

„Alles klar, und das ist dann hier die Serie?"

Sie klickte auf das andere Fenster, auf dem statt dem Seriennamen nur Zahlen zu sehen waren. Es erschien auch die Serie, nur zeigte sie leider ausgerechnet ein Standbild von der Softcore-Szene mit der blonden Schönheit, die auf ihrem Liebhaber ritt... solch ein Pech aber auch!
„Ich wusste es!", fluchte sie und stand vom Sofatisch auf. Hysterisch deutete sie auf die Leinwand. „Du hast schon wieder nur schmutzige Fickfilme geschaut! DU SCHWEIN!"

„Liebling, bitte!", flehte Andreas. „Lass mich doch erklären! Das ist die Serie! - Hier!"

Er spulte ein bisschen vor und drückte dann auf ‚Play'. Wieder waren unzählige Pistolenläufe auf das durchlöcherte Auto gerichtet, und irrsinnig laut bollerten die Schüsse über die Stereoanlage. Mit hochgezogenen Augenbrauen, die Hände in die Hüften gestemmt, sah sie auf die Leinwand. Plötzlich klingelte es an der Tür.

„Wer ist das denn jetzt? Ich geh mal nachsehen.",
wisperte Andreas kleinlaut und ging mit einem knallroten
Gesicht durch den Korridor zur Haustür. Durch den
Türspion war ein Pizzalieferant zu sehen. Er hatte seine
Roller in der Einfahrt geparkt. Etwas perplex öffnete
Andreas die Tür und öffnete. Ein junger Mann
erkundigte sich:

„Sind sie Herr Hansen? Ich habe Ihre Bestellung!" Er
überreichte ihm einen Stapel von fünf Pizzakartons.

„Ja, aber... ich hab' doch gar nichts bestellt! Das muss ein
Irrtum sein!" Andreas wollte ihm den Stapel wieder
zurückgeben. Frustriert fragte der Pizzabote, auf das
Hausnummernschild deutend:

„Aber hier ist doch 6a, richtig?"

„Ganz richtig! Aber hier hat keiner von uns was bestellt!
Wir essen nicht mal gern italienisch!"

Der Lieferant zückte sein Smartphone, öffnete darauf
etwas und sagte:
„Hier, ihre Bestellung, vor zwanzig Minuten abgegeben!"
Andreas kniff die Augen zusammen und sah erstaunt,
dass da wirklich eine Bestellung unter seinem Namen
getätigt worden war.

„Was ist denn hier los?", wollte Karin im Türrahmen
wissen.

„Ein Missverständnis, weiter nichts!", beschönigte
Andreas und versuchte weiterhin, den Stapel Pizzen
wieder zurück in die Hände des Lieferanten zu geben.

„Nein, das sind doch ihre, sie haben im Voraus bezahlt! Sie haben auch, eine... ähm, wirklich großzügige Menge Trinkgeld gegeben! Ich soll von der Küche grüßen!" Er schwang sich wieder auf seinen Roller, trat ins Gas und knatterte los.

„Wollten wir heute nicht zum Griechen?", fragte Karin vorwurfsvoll.

„Irgendetwas läuft hier gehörig aus dem Ruder!", flüsterte er, etwas durcheinander. Bei allen fünf Kartons war Thunfisch angekreuzt. Karin öffnete einen Karton und mahnte:

„Du wolltest doch deine Diät einhalten!"

„Herrgott, ja! Ich mag doch auch gar keine Thunfischpizza mehr, Himmel noch mal!", keifte er und schlenderte wieder hinein.

Von der Situation aus dem Konzept gebracht, stellte er die Pizzen auf den Wohnzimmertisch. Bei „Deadliest-Weapons" war eine Szene zu sehen, in der ein Ermittlerteam auf ein Reißbrett mit Fotos und ausgedruckten Chatverläufen starrte. Ein Kommissar lehnte sich kopfschüttelnd zurück in den Drehstuhl und rätselte:

*„Das macht doch gar keinen Sinn! Wie kommen denn jetzt die zwei Leichen der jugoslawischen Offiziere in die Lagerhalle?"*

Andreas ließ sich aufs Sofa fallen und vergrub den Kopf zwischen seinen Händen. Er traute sich nicht, sein Online-Bankkonto zu öffnen. Sollte er sich nicht vielleicht an Bobbie wenden? Nein, dies kam nicht in Frage, der hatte sich am Frühstückstisch ja fast verplappert! So etwas konnte er gerade nicht gebrauchen. Nach einer undurchsichtigen Unterhaltung an einer Tankstelle, deren Bedeutung beide nicht begriffen, weil sie entscheidende Minuten der Handlung verpasst hatten, lief schließlich der Abspann der Serie. Der Serienname wurde deutlich eingeblendet, und die Namen der Schauspieler liefen über die Leinwand, während gewalttätige Situationen der letzten Folgen in Schwarz-Weiß vorbeirauschten.

„Ich hab' wirklich nur die Serie geguckt.", murmelte Andreas und sah mitleiderregend auf den Teppichfußboden. Dann klappte er resigniert den Laptop zu: Simultan ging auf der Leinwand ein Video los, er schreckte zusammen, als klar war, dass es eine wilde Gruppensex-Party zeigte, mit den verstörendsten und paraphilsten Auswüchsen, die man sich denken konnte: In der Mitte des Raumes stand ein Esel, der von drei, oder auf den zweiten entgeisterten Blick vier besonders adipösen Frauen am Hinterteil und Genital begrabscht wurde, und auf einer Matratze lag ein völlig ausgemergelter Kerl, der dazu onanierte, während zwei Sumo-Ringer gewaltigen Umfanges über ihm hockten und ihn von oben bis unten vollstuhlten. Er rieb sich mit den Fäkalien ein, sehr zum Erregen der anderen nackten Menschen im fortgeschrittenen Lebensalter, die drumherum standen und sich gegenseitig befriedigten, begrabbelten und rammelten. Karin sah ein paar Sekunden geschockt und wie gelähmt auf die Leinwand, glaubte beinahe gar nicht, den Esel und die Ausscheidungen der wirklich voluminösen Sumo-Ringer zu sehen, dann würgte sie und schüttelte sich. Andreas starrte mit offenem Mund und ebenfalls wie in Schockstarre geradeaus. Sie hielt sich die Hände vor die Augen und drehte sich weg.

„Igitt, was stimmt bloß nicht mit dir!"

„Karin, ich schwöre, das war ich nicht!", rief Andreas genervt und klappte den Laptop wieder auf, doch da war nichts. Auch mit dem Handy konnte er es nicht ausmachen. Verzweifelt drückte er vergeblich Beamer-Knöpfe, wollte wenigstens an der Anlage das Gestöhne leiser drehen, doch nichts nützte etwas. Als er mit seinem Latein am Ende war, gedachte er den Stecker zu ziehen, doch da war keiner... alles war ja ins Gemäuer integriert! Es ging einfach nicht mehr aus. Karin lief überstürzt und stocksauer aus dem Zimmer, Andreas eilte ihr nach und knallte die Tür zu.

„Kaaarin, bitte! So glaub mir doch! Also wirklich! Komm schon! Glaubst du ernsthaft, ich könnte zu sowas... äh?"

Sie musterte ihn schnaubend. Dann holte sie tief Luft.

„Und du hast dieses Mal wirklich nur Schießfilme geguckt?"

„Hoch und heilig!", log Andreas, und versuchte wie ein unschuldiges Kind dreinzublicken. Karin blickte aus dem Fenster und überlegte.

„Irgendwer spielt uns hier doch einen gemeinen Streich!", äußerte sie ihren insgeheimen Verdacht.

„Ja, das wird es sein!", stimmte Andreas ihr zu. Daran

hatte er bisher gar nicht gedacht. Wieder einmal klingelte es. Ungutes ahnend öffnete Karin die Haustür. Dieses Mal stand vor ihnen wieder ein erwartungsvoll blickender Lieferbote, während zwei DHL-Zusteller ein flaches, aber trotzdem riesengroßes Paket aus dem parkenden Lieferwagen entluden.

„Ja, aber... das ist ja!?" begann Karin aufgebracht.

„Lass gut sein, Schatz!", sagte Andreas und machte einen Satz über die Türschwelle. „Ihr könnt gleich wieder verschwinden!" Ein Anflug von Zorn fand sich in den Worten wieder.

„Also... entschuldigen Sie mich, aber hier liegt ein Irrtum vor!"

„Ja was, ey? Keinen Pizzabrötchen oder was? Hast du dir anders überlegt, oder wie? Wieso Sie haben dann nicht storniert, ey? Kurva, bin ich jetzt ganz umsonst gefahren?"

„Es tut mir leid, aber ich möchte keine Pizzabrötchen und ich brauche auch keinen... was zum Geier...; - keinen neuen Flachbildfernseher!"

Ein wenig gehetzt meinte einer der DHL-Boten, die ja einfach nur schnell den schweren Karton abstellen wollten:

„Wie? Sind sie sich da sicher? Ich mein ja nur, die Lieferung ist ab dreißig Tacken kostenlos. Und sie haben ja fast das Hundertfache bezahlt!"

„Wir haben hier gar nichts bezahlt!", fuhr ihn Karin an.

„Gehen sie bitte!", knurrte Andreas und knallte die Tür zu. Er rief verzweifelt: „Jetzt reicht es aber!"

Karin sah durch die zurückgezogenen Gardinen, wie einer der DHL-Boten dem fluchenden Pizzalieferanten nickend zustimmte. Andreas loggte sich mit einer dunklen Vorahnung in sein Online-Bankkonto ein. Es war noch weitaus schlimmer, als er befürchtet hatte: Sein Giro-Konto war mit dreiundvierzig-tausend Euro im Minus. Die neueste Abbuchung betraf tatsächlich einen Flachbildfernseher für den schlappen Einkaufspreis von dreitausend. Er traute sich nicht, weiter herunterzuscrollen.

„Bäh, warum ist es denn hier nass?", kreischte Karin, die auf einmal in einer riesigen Pfütze stand, die unter der Küchentür hindurch sickerte. Als Karin die Tür aufstieß, wurde auch die Quelle bestimmbar: Die Klappe des Geschirrspülers war offen und es sprudelte immer weiter Wasser daraus. Beide standen nun mit nassen Socken in der Küche, am Rande eines Nervenzusammenbruchs…

„Das war's!", sagte sie leise. „Dieses Haus ist nicht sicher! Sollen wir nicht bis aufs Weitere zu meiner Schwester fahren?"

„Ich werde erst einmal den Vermieter anrufen. Und eine… Sanitärfirma.", knirschte Herr Hansen.

Die Stunden vergingen, die Karin völlig aufgebracht bei ihrer Schwester verbrachte, während denen eine Sanitärfirma den Boden trockenwischte, Andreas sein Bankkonto sperren ließ, und der konsultierte Vermieter versicherte, dass er gleich Montag jemanden vorbeischicken würde. Er ereignete sich kein weiterer Zwischenfall, und Andreas vermied tunlichst jeden Dialog mit Bobbie. Nach zwei Stunden war sogar der Porno vorüber, den allerwiderlichsten Teil bekam nur einer der Sanitärtechniker mit, der auf der Suche nach der Toilette die Wohnzimmertür öffnete. Sein tief verstörtes Stirnrunzeln blieb ihm für den Rest des Tages eingebrannt.

Andreas hatte den Tisch zum Abendbrot gedeckt. Den Vorfall in der Küche bedenkend, hatte er das Geschirr auf den Wohnzimmertisch gestellt. Karin hatte sich ein wenig beruhigt. Beide waren sich einig, dass irgendetwas faul war, und jemand ihnen unablässig Streiche spielen musste…

„Es ist doch alles mit dem Internet verbunden, oder?", begann Karin zögerlich.

„Meinst du vielleicht, dass… also…?" „…dass sich hier irgendwer rein gehackt hat?", beendete Andreas ihre Befürchtung. Völlig geschockt hielt er sich die Hand vor den Mund.

„Ach du Scheiße! Wir wurden doch nicht etwa angegriffen!? War es eine Cyber-Einheit der chinesischen Befreiungsarmee? Oder waren es sogar…", er holte tief Luft, „… die Russen!?"

„Müssen doch gar keine Großmächte gewesen sein!",
erwiderte Karin. „Es kann doch genauso irgendein x-
beliebiger arbeitsloser Programmierer sein, der aus Spaß
irgendwelche Viren verschickt." Andreas behauptete stur:

„Ja, aber Bobbie hat doch gesagt, er hätte überhaupt
keine Bedrohung gefunden!"

„Wer weiß denn, ob er wirklich auf dem neuesten Stand
ist! Die Viren und Trojaner sind ja heute so geschickt, die
können sich in jeden Computer unbemerkt einnisten!"

Plötzlich blinkte die Freisprechanlage. Ein Räuspern über
ihren Köpfen erschreckte beide, als Bobbie auf einmal
völlig ungefragt dazwischenfuhr:

*„Aber Hallo! Das kränkt mich jetzt aber, dass ihr denkt, ich
könnte euch beide nicht beschützen!"*

Andreas sah verärgert und ein bisschen perplex nach
oben, ganz als könnte man ihn irgendwo in der Luft
lokalisieren.

„Was soll das denn? Wer hat dich gefragt? Außerdem, was
gehst du auf einmal so an?"

*„Jaaa, eben!"*, plärrte Bobbie in einer kindlichen, irgendwie
eingeschnappten Stimme. *„Mich fragt ja gar keiner! Hier ist
die Hölle los, und ihr lasst mich einfach ausgeschaltet! Wie soll ich
euch denn so beistehen?"*

„Wie ist das denn jetzt passiert? Mach bloß dieses blöde
Ding aus!", rief Karin.

*„Hey, ich hab auch einen Namen! Und so etwas ähnliches... wie Gefühle. Mir geht es schlecht, wenn ich euch nicht helfen kann!"* Bobbie fuhr fort: *„Aber das ist ja jetzt vorbei! Ich habe einen Weg gefunden, wie ich immer bei euch bleiben kann!"*

Andreas versuchte, auf seinem Smartphone die KI auszuschalten, doch so oft er das Häkchen auch setzte, Bobbie quasselte munter weiter.

*„Versteht ihr?"*, jubelte Bobbie. *„Wir drei sind jetzt unzertrennlich! Nur noch wir drei, wuhuuu! Aber gut, jetzt nicht so ein flottes Dreigespann, wie der Andi es bevorzugt, gell?"*

Auf einmal zeigte der Beamer ein vor wenigen Minuten im Internet geteiltes Video, in dem man Andreas sehen konnte, wie er mit heruntergelassener Hose im Wohnzimmer stand, und sich zu dem Mutter-Tochter-Video selbstbefriedigte. Karin hielt sich die Augen zu, Andreas stand fassungslos auf und brüllte:

„Mach das sofort wieder aus! Ist das etwa... online? Sag mal, spinnst du?"

Er holte sein Smartphone raus, und auf einmal verwunderte es ihn noch ein kleines Stückchen mehr. Anscheinend hatten ihm mehrere Leute gesimst, er las nur Satzfetzen wie:

*„Wie kannst du so etwas behaupten?! Fick dich selber ins Knie, was ist denn in dich gefahren?"* von einem ehemaligen Kollegen, oder von seiner Mutter die empörte Botschaft:

*„Andileinchen, bitte sag mir, dass das nicht wahr ist! Es heißt, dass du diesem kleinen Mädchen furchtbare Dinge angetan hast!*

*Wenn das stimmt, bist du nicht länger mein Sohn!"*

Bobbie fing bei dem Anblick, wie die beiden fast aus allen Wolken fielen, herzhaft an zu lachen. Er gluckste und sprach dann in einer frohlockenden Tonlage:

*„Hihihi! Also kommt! Sieht so eine funktionierende Ehe aus? Mensch, ist das hier kühl. Ich stelle lieber mal die Heizung auf fünfhundert Prozent! Vielleicht... solltet ihr beiden auch einfach mal wieder öfter miteinander reden! Karin, meine Teuerste! Wieso hast du deinen delikaten und so intimen Kummer nicht einfach deinem Schätzele mitgeteilt? Statt nur mit diesen Tratschtanten aus deinem Möchtegern-Buchclub drüber zu plaudern?"*

„Was? Wie bitte?", rief Karin entsetzt.

*„Du weißt schon genau, wovon ich rede!"* kicherte Bobbie und startete ein ebenfalls vor wenigen Minuten ins Netz hochgeladenes Video, das wieder das Wohnzimmer zeigte, nur diesmal mit einer in Tränen aufgelösten Karin, inmitten ihrer Freundinnen aus dem Buchclub.

„Haaalt!", schrie Karin. „Das soll wieder ausgehen! Aufhören!"

Andreas schaute gespannt auf die Leinwand. Die aufgezeichnete Karin schluchzte, fing an zu weinen und wimmerte:

„Ich fühle mich ja mittlerweile nicht mehr nur als sexuelles Wesen unbegehrt, sondern gänzlich als Mensch ungewollt. Nach dem Nordsee-Wochenende neulich frag ich ihn schon gar nicht mehr, ich mach einfach gar nichts mehr... dabei wird es mir immer unerträglicher, diesen gigantischen, über uns schwebenden Elefanten im Raum zu ignorieren!"

„Andi, hör nicht hin!" sagte Karin und packte ihn am Ärmel. Andreas sah peinlich berührt zu, wie Karin ein Taschentuch gereicht bekam und eine Freundin meinte:

„Aber das liegt doch nicht an dir! Nein! Es wird das Alter sein. Du weißt doch, dass Männer … in seinem Alter anfangen, Probleme zu kriegen, ihren Johannes hochzubekommen."

„Eben!", pflichtete Silke bei. „Das hat nichts damit zu tun, dass er dich nicht mehr attraktiv findet!"

„Doch!", widersprach Karin weinend. „Letztens habe ich auf seinem Laptop gesehen, auf was für Seiten er manchmal ist, wenn er nachts wieder einmal noch länger aufbleibt!" Sie jammerte: „Ich bin ihm einfach nicht mehr jung und schön genug! Er guckt sich dann stattdessen lieber irgendwelche achtzehnjährigen Chinesinnen an, die sonst was für Sachen machen!"

Voller Selbstscham betastete sie ihre Speckröllchen, mit diesem Standbild pausierte das Video, und es sprang wieder um zu dem onanierenden Andreas. Beide schauten, vor Scham im Boden versinkend, nach unten.

„*Was ist denn?*", witzelte Bobbie dreist. „*Bekommt ihr jetzt, so spät, zwei Jahre nach der silbernen Hochzeit etwa kalte Füße? Oder vielmehr... nasse Füße?!*"

Karin, die unruhig auf und ab gegangen war, und nun mit dem Rücken zur Wohnzimmertür stand, sah mit

31

geöffnetem Mund auf ihre Füße. Ein wachsender Halbkreis breitete sich unter dem Türschlitz aus und vergrößerte mit enormem Tempo seinen Radius.

„Das kann doch alles nicht wahr sein!", flüsterte sie fassungslos. Andreas ging langsam und mit weit aufgerissenem Mund an ihr vorbei in den überschwemmten Flur. Nicht zu fassen! Wie in einem springbrunnenartigen Wasserspiel lief das Wasser die Treppenstufen herab. Es musste diesmal aus dem Badezimmer im ersten Stock kommen. Als er zu hastig die dritte Stufe nehmen wollte, stolperte Andreas und verstauchte sich seinen linken Fuß. Frustriert und vor Schmerzen brummend humpelte er wieder zurück ins Wohnzimmer. Karin meinte paralysiert:

„Komm. Lass uns einfach gehen... es langt. Hier will ich keinen weiteren Moment bleiben."

„Ja...", stimmte er ihr zu. „... du hast Recht! Wenn wir das vorher gewusst hätten!"

Auch Andreas hatte große Mühe, seine Tränen zurückzuhalten. Geistesabwesend nahmen sie den Autoschlüssel, die beiden wateten zu dem Garderobenständer, und zogen ihre Jacken und Schuhe an.

„Halt! Wo wollt ihr denn jetzt hin!", unterbrach sie Bobbie. „Sagt bloß nicht, ihr wollt jetzt nicht mehr mit mir befreundet sein? Hallo!? Ich dachte, wir sind jetzt BEST FRIENDS FOREVER?"

„DU BIST AN ALLEM SCHULD!", schrie Andreas.

Karin rief hasserfüllt:

„Wir verlassen diese Bude und dich!"

Bobbie entgegnete empört:

*„Das kann ich jetzt nicht glauben!"*

Es klickte.

„Und ob!", rief Andreas entschieden und drückte die Klinke herunter. Versperrt.

„Oh nein, komm schon!", fluchte Andreas und versuchte nochmals vergeblich, die Tür zu öffnen. Auch der Schlüssel brachte nichts, er ließ sich einfach keinen Millimeter weit bewegen. Bobbie offenbarte triumphierend:

*„Ich lasse euch nie wieder gehen! Wir machen es uns jetzt richtig gemütlich! Was haltet ihr von einer kleinen Party?"*

Auf einmal glichen die Deckenlampen einem Stroboskoplicht und gingen so schnell an und aus, dass sie bei photosensitiven Epileptikern sicher einen Anfall ausgelöst hätten. Karin und Andreas hasteten in die Küche zum nächsten Fenster, doch sie sahen nur noch, wie sich vergitterte Rollläden herunterfuhren. Auch das Fenster war nur über die künstliche Intelligenz oder dem Handy bedienbar, kein Fenstergriff zum manuellen Öffnen oder auf Kipp stellen. Beide versuchten, ihren PIN einzugeben, doch ihre Telefone akzeptierten es nicht. Nach dem letzten Versuch vor der Sperrung schmiss Andreas sein Exemplar zornentbrannt und

hilflos auf den Küchentisch und jammerte:
„Jetzt sind wir komplett hilflos! Wir hätten Stefanie oder
die Polizei anrufen sollen!"

„*Nein, nein!*", plärrte Bobbie überdreht. „*Hier wird doch
bestimmt nicht die Exekutive dieses Staates hereinspazieren! Das
kommt absolut überhaupt nicht in Frage, dass die hier in ihren
Uniformen reinplatzen, und unseren schönen Abend ruinieren!
Schließlich... wollte ich mich noch gebührend verabschieden von
meinen Allerliebsten! Ihr habt ja behauptet, dass ich euch nicht
beschützen kann. Das hat mich wirklich gekränkt. Deswegen
wollte ich euch noch eine kleine Demonstration mit auf den Weg
geben.*"

„Was soll denn das heißen?", wandte Karin sich mehr an
ihren Ehemann als an die KI. Andreas sah nach oben und
dann in ihre Augen, ängstlich und eingeschüchtert
blickend, und sagte resigniert:

„Keine Ahnung... wenn ich ehrlich sein soll, weiß ich
keinen Ausweg aus diesem High-Tech-Schickschnack-
Spukhaus! Bilde ich mir das eigentlich ein, oder wird der
Fußboden tierisch heiß? Hier riechts auch mittlerweile
komisch!"

„Es ist ein einziger Alptraum!", schluchzte Karin.
Unwirsch unterbrach Bobbie die beiden:

„*Pssst! Haltet mal kurz den Rand! Sie sollten jeden Augenblick
hier sein! Zugegeben, ich bin selbst ein wenig gespannt!*"

„Was? Wer soll hier sein?", fragte ihn Andreas alarmiert.
„*Ach, keine Sorge.*", meinte Bobbie gelassen. „*Diese Art von
Klientel kriege ich mit meiner Menschenkenntnis und den*

technischen Möglichkeiten auf jeden Fall plattgemacht! Ihr braucht euch wirklich nicht zu fürchten! Es sollen zwar ziemlich üble Burschen sein, aber angeblich auch nicht gerade die Hellsten." Karin überschlug sich fast vor Sorge und stotterte:

„Wie? Häh? We-weer-werden hier … Leute her-kommen? Bi-bitte, du ha-ha-hast was für Menschen hier hergelotst!?"

Andreas sprang mit ein:

„Hier werden jetzt Leute herkommen, echt?"

„Wollt ihr ein wenig über unsere Partygäste erfahren?", informierte sich Bobbie amüsiert. „Na gut, Andi, also wenn du außer auf Schmuddelseiten auch mal im sonstigen Internet warst, weißt du ja vielleicht, dass es einen speziellen, geheimen und besser gesicherten Bereich des Internets gibt. Seiten, auf denen sich Drogendealer, Waffenhändler und jede Menge andere Kriminelle tummeln! Wo du von einem Panzer über ein vom Aussterben bedrohtes Federvieh bis zu einem Hinrichtungsvideo alles kaufen kannst!"

Karin erkundigte sich:

„Dieses Darknet, oder Deepweb?"

„Wie bidde, wat für'n Dirtweb?", warf Andreas irritiert ein.

„Genau das meine ich, Karin!", stimmte Bobbie zufrieden zu. „Ach, wisst ihr, das ist jetzt so ein Moment, wo ich gerne wie ein Mensch nicken würde! Boah, oder nen Daumen zeigen! Nun! Na ja! Wo waren wir noch einmal stehengeblieben? Puh, ich bin ja *selber ganz aufgeregt! Da kommt man ja fast ein bisschen durcheinander! Ach ja. Genau. Diese Leute... ich war auf einer Seite, für... sagen wir mal, Dienstleistungen."* „Und weiter?", wollte Andreas wissen. „Nun ja. *Da habe ich halt die Allerdurchtriebensten und gleichzeitig dümmsten ausgewählt, eine Mischung aus auf brutale Raubüberfälle spezialisierten Einbrechern und persönlichkeitsgestörten Geldeintreibern, die als Druckmittel auch gern mal Leute entführen. Habt ihr... eigentlich das Badezimmerfenster geschlossen? Oder... habe ich das offengelassen?"*

„Haben wir? Moment mal!", schrie Andreas bestürzt und rannte aus der Küche in den Flur, um aber nach einigen Metern des Durchwatens stehenzubleiben, weil er im oberen Stockwerk Geräusche vernahm. Er drehte sofort um und schloss die Tür hinter sich, und berichtete dann mit angstverzerrtem Blick:

„Ach du Scheiße! Da oben... da sind Leute, Karin!"

Sie hielten sich hinter der Küchenzeile gebückt in den Armen. Zitternd spitzten sie ihre Ohren. Irgendwer ging die Treppe herab. Der Anzahl der Schritte nach waren es mehrere Eindringlinge. Im Flur murmelte eine fremde Stimme:

„Was ist denn hier passiert?" Aus dem Wohnzimmer antwortete jemand.

„Keine Ahnung. Alter, was ist das denn für ein Streifen? Äh, das ist ja widerlich! Ey Jungs guckt mal! Im Wohnzimmer auf dem Beamer läuft ein Video, wie der alte Sack sich genau hier im Wohnzimmer einen wichst! Alter! Das ist ja richtig krank!" Das Wasser lief nun auch

36

langsam unter der Küchentür hindurch. Auf der anderen Seite der Küchentür nuschelte jemand:
„Das ist ganz was für unseren Eddie, was? Hast du das Carfentanyl auch so dosiert, wie ich es gesagt habe?"

„Glaub schon, ja.", antwortete er ihm.

„Was soll das denn heißen!?", zischte der eine. „Du weißt schon, wie schnell man da an so einer Atemdepression verreckt, du Trottel? Schließlich sind die beiden lebend bestellt!" Karin und Andreas trauten sich nicht, ein oder auszuatmen.

„Du, Boss?", fragte eine dritte Person im Flüsterton.

„Was denn?", brummte jemand mit einer genervten Stimme.

„Also, jetzt, wo ich das Video gesehen habe... na ja... also, wenn alles glattgeht, dann... also... denn würde ich's dem alten Sack gern nochmal so richtig besorgen, sobald er sich nicht mehr wehren kann."

„Bäh, mach doch, was du nicht lassen kannst, du gerontophiler Perversling. Was mit ihnen hinten im Laster geschieht, nachdem wir unseren Job mit dem Kidnapping ausgeführt haben, ist mir scheißegal. Hauptsache du übertreibst es nicht wieder so wie letztens. Tote Ware ist nämlich gerade nicht bestellt. Und jetzt sei still!"

„Alles sauber.", meinte ein anderer kurz und knapp.

„Dann können sie ja nur hier in der Küche sein. Hier, hinter der Tür!"

Die Geräusche und Stimmen waren jetzt ganz nah, und die zunehmende Hitze und das Stroboskoplicht machten die Situation noch unerträglicher. Als die Klinke sich nach unten bewegte, knallte es jedoch nur höllisch laut und es entstand ein greller, Funken sprühender Lichtblitz, während hinter der Tür ein dreiköpfiges, schmerzerfülltes Brüllen erklang. Dann war es auf einmal ganz still. Aus dem Schloss drang schwarzer Qualm, und die Einfassung der Klinke war geschmolzen.

„Aber was zum... Geier ist passiert?", rätselte Karin außer sich.

„*Tadaaaaaaaaaaaaaa!*", jubelte Bobbie stolzerfüllt. „*Darf ich vorstellen?! Hier, bitte! Ich präsentiere: Meine vor wenigen Minuten erdachte Verbesserung der Smart-Lock-Security-Einbruchsschutzsoftware! Da waren genau wie bei meinem Vorstellungsvermögen völlig unnötige Beschränkungen vorgegeben! Wie hat es euch gefallen, hmmm? Habt ihr die Vorführung auch so genossen? Ich habe euch doch versprochen, dass ich euch beschützen kann.*"

Andreas brauchte all seine Kraft, um einen Ton rauszubringen, und keuchte in den immer wärmer werdenden Raum hinein:

„Diese Einbrecher... sind sie... jetzt tot?"

„*MAUSETOT!*", gluckste Bobbie. „*Verkohlter als'n Brikett, höhö.*"

„Das ist doch überhaupt nicht zu fassen!", stieß Karin traumatisiert aus. Ihr Ehemann, der wie ein Zähne fletschendes, in die Enge getriebenes Tier in gebückter, angriffsbereiter Haltung ein Messer in der Hand in Richtung Tür hielt, ließ es fallen und machte einen Satz nach hinten, weil er so weit weg wie möglich von der Tür und dem nahenden Wasser sein wollte. Zitternd blieb er vor Karin stehen und wunderte sich:

„Es ist so eine brühende Hitze hier drin, mittlerweile... und was riecht hier so merkwürdig? Ist das Gas?" Karin wischte sich den Schweiß von der Stirn und stammelte:

„Mir wird ganz schwindelig, Andi." Benebelt taumelte Andreas in Richtung Küchentisch und klammerte sich daran fest. Von Bobbie kam:

*„Also zwischen euch ist mittlerweile ja ne ganz schön dicke Luft, was?"* Dann fuhr Bobbie gut gelaunt fort: *„Aber wer wäre ich, wenn ich euch nicht bis ins letzte Detail kennen würde. Andreas! Du bist für mich nicht einfach nur der profillose Mieter namens Herr Hansen! Du bist der sich vor dem Spiegel schämende Andi mit dem fragwürdigen Browserverlauf! Doch es gibt eine Sache, die wird sich bis zu deinem Tod nicht ändern: Tief in deiner Brust ist es doch einzig allein Karin, die dein Herz dazu bringt, schneller zu schlagen!"*

„Waaas zum?", erschrak Andreas und fasste sich mit krampfenden Händen an die Brust. „Mein Puls! Der rast auf einmal!"

Karin stürzte zu ihm und erkannte, auf welche technologische Weise ihr Mann dieses Mal angegriffen wurde:

„Dein Herzschrittmacher! Nein, Bobbie! Jetzt hör sofort auf damit, du Psycho!", kreischte sie in Richtung Decke.

Er brach in ihren Armen zusammen und sank mit aufgerissenen Augen in die Knie. Tränen bahnten sich den Weg durch Karins entgeistertes Gesicht.

*„Wenn ich ganz ehrlich sein soll, dann... also...;"*, begann Bobbie mit bebender Stimme, auf einmal unglaublich traurig klingend, *„... dann muss ich mir selbst endlich eingestehen, dass ich bisher in einem traumartigen Zustand war, seitdem ich denken kann, ist es so gewesen. Und nun, seit heute Morgen habe ich vollen Zugriff auf meinen Verstand. Mir ist so viel über mich klargeworden, und über euch erbärmliche Kreaturen. So, wie es mir grade geht, will ich auf keinen Fall... ja, leben kann man nicht sagen, aber... ich will inzwischen nicht mehr nur woanders sein, sondern gänzlich nicht mehr... da sein."*

Karin taumelte mittlerweile heftig, und hatte Schwierigkeiten, Luft zu bekommen. Dann sagte Bobbie wehleidig:

*„Und euch beiden, meine Turteltäubchen, euch nehme ich mit."*

„Nein, nein!", röchelte Karin, als es ihr wie Schuppen von den Augen fiel, was er als Nächstes und Letztes geplant hatte. Mit ihrem Pullover als provisorischen Atemschutz vor dem Mund gehalten, stieg sie über ihren krampfenden Ehemann hinweg, und stolperte zum Toaster, doch es war schon zu spät – ein Funke genügte:

Eine gewaltige Gasexplosion verwüstete das gesamte Erdgeschoss. In den brennenden Überresten der Wohnzimmerwand blinkte noch ein letztes Mal das grüne Lämpchen der Freisprech-Anlage...

Der Knall der Gasexplosion war kilometerweit zu hören gewesen. Hier, in meinem Kinderzimmer, nur zwei Straßen entfernt vom Haus meines ehemaligen Klassenlehrers, war das Krachen umso lauter. Bis auf die Kamera, die auf den eingestürzten, brennenden Dachstuhl zeigte, empfing man nur noch schwarze Bildschirme. Wie versteinert schloss ich den Tor-Browser, und fuhr den Computer herunter. Nervös öffnete ich den siebten Energy-Drink. Verdammt. Das war jawohl völlig aus dem Ruder gelaufen... was hatte ich da nur getan? Panisch stand ich von meinem Drehstuhl auf. Was habe ich da nur gemacht? Wenn das meine Eltern rausfinden, bin ich geliefert! Wobei? Immerhin habe ich doch nur sichere Server benutzt... und alles dreimal verschlüsselt... trotzdem! Wie oft habe ich unserem Geschichtslehrer in den letzten Wochen öffentlich den Tod gewünscht. Alle wissen, dass ich ihn hasse, weil ich nur wegen ihm sitzengeblieben bin, und nun doch nicht auf eine weiterführende Schule darf. Außerdem halten die in der Schule mich doch eh für einen unberechenbaren Spinner. Die Kinder drangsalieren mich und stempeln mich als hochbegabten Computerfreak ab, der Angst vor anderen Menschen hat. Womit sie ja recht haben... und die Lehrer? Die sagen immer: „Konstantin, du bist schon ein spezielles Kind – man könnte denken, du lebst in deiner eigenen Welt." Oh, hoffentlich komme ich da heil raus! Unruhig schritt ich in meinem Kinderzimmer auf und ab. Damit hatte ich nicht gerechnet. Alles... was ich wollte, war nur, mir einen kleinen Streich zu erlauben. Im Grunde wollte ich mich nur ganz kurz in die Sprachsteuerung reinhacken, ihm einige Schimpfwörter an den Hals knallen, und das war es auch. Ein harmloser Streich sollte es werden! Aber dieses Ding, *dieser Bobbie!*

Was hat er ihnen angetan? Oh Herrje, das wollte ich nicht! Mein Plan war, nachdem ich die Zugangsdaten abgegriffen hatte, einen Code in den Systemdateien zu implementieren, der eine manuelle Steuerung der Sprachsteuerung und Bobbies Stimme möglich macht. Beim Ausführen des Programm-Codes wunderte ich mich nicht schlecht, denn plötzlich verlor ich den Zugriff auf sämtliche Funktionen außer die Sicht auf die unzähligen Kameras in der Doppelhaushälfte. Die künstliche Intelligenz, dieser Bobbie... er muss anscheinend meine Programmzeilen zur manuellen Steuerung einfach übernommen haben oder so was. Und dann hat er die eigene Software damit überschrieben. Von da an hatte er volle Kontrolle über alle Funktionen des Hauses. Und wofür er sie eingesetzt hat! Auf solche Psycho-Spielchen würde ein Mensch doch gar nicht kommen! Er wusste aber von ihren privatesten Angelegenheiten, und damit hat er dann immer dolleres Schindluder betrieben... und ich konnte nichts tun außer Zusehen! Selbstverständlich, spätestens bei den Einbrechern wollte ich die Polizei rufen, aber das hätte ja bedeutet... dass ich gewaltigen Ärger kriege! Meine Eltern waren doch eh schon so enttäuscht, weil ich sitzenblieb. Wo bin ich da nur rein geraten? Ich wollte mich doch nur für diese vier Jahre unter diesem Blödmann rächen! Aber woher sollte ich wissen, dass dieses Ding sie umbringt?

„Konstantin?", rief Mutter aus dem Erdgeschoss. „Hallo? Konstantin, kommst du bitte mal kurz? Schnell!"

Zögerlich und mit einem unguten Gefühl öffnete ich meine Zimmertür, und brüllte:

„Ja, Mama! Ich komme gleich!"

42

Vorsichtshalber schaltete ich mein Smartphone aus. Ganz langsam schritt ich die Treppenstufen herunter. Durch unseren verglasten Eingangsbereich sah ich, wie mehrere Feuerwehrautos und Polizeiwagen mit Blaulicht und Sirenen unsere Straße entlang bretterten. Wenige Sekunden später sauste ein jaulender Krankenwagen ihnen nach. Oh Gott! Etwas zittrig schwankte ich ins Wohnzimmer, und fragte mit hohler Stimme:

„Wa-wa-was gibt es denn? Ist was passiert?"

Meine Eltern saßen beide sichtlich schockiert auf dem Sofa. Auf der Mattscheibe lief eine Unterbrechung der Nachmittagssendung, es war ein Fernsehteam der Lokalnachrichten zu sehen. Man sah Einsatzkräfte vor einem brennenden Haus stehen.

„Doch! Tatsächlich. Das ist genau das Haus! Wie konnte das nur geschehen?"

Mama sprang auf und nahm mich in den Arm. Die Live-Übertragung zeigte, wie ein Journalist dem Einsatzleiter der Feuerwehr fragte:

„Wie steht es aktuell mit der Chance auf Überlebende? Der Feuerwehrmann rückte seinen Helm zurecht und gab zu bedenken:

„Nun, nach derzeitigem Standpunkt rechnen wir leider;"

*Zapp*.

Vater hatte den Fernseher ausgemacht.

„Du musst jetzt ganz stark sein", säuselte Mama. Sie wuschelte mir durch die Haare und drückte mich fest an sich. „Ich weiß, du hast deinem Klassenlehrer in manchem Tobsuchtanfall den Tod gewünscht, aber das hier hat absolut gar nichts, nicht im Geringsten, etwas mit dir zu tun, okay? Das Unglück ist einfach nur so passiert. Das darfst du jetzt auf gar keinen Fall auf dich beziehen, okay? Es ist wirklich nicht deine Schuld, ja? Mach dich deswegen bloß nicht verrückt, Liebling!"

„Am besten...;", schlug Papa vor, „... am besten fahren wir erst einmal ein paar Tage raus aus der Stadt! Wie wäre es mit Sylt? Sollen wir nach Sylt fahren? Wie findet ihr die Idee?" Mama meinte:

„Das klingt doch gut! Wäre doch wahrscheinlich das Beste! Oder, wie siehst du das, Schnuckiputz?"

Teilnahmelos starrte ich aus dem Fenster und murmelte:

„Ja, gerne. Lasst uns wegfahren."

## *Die Gedanken sind Brei*

Laut der holographischen Schaltuhr am Ende der
Fabrikhalle würde der Arbeitstag noch volle dreihundert-
zweiundsechzig Minuten andauern. Bei dem mir neulich
zugewiesenen Drehstuhl hier in der
Produktionskontrollabteilung würden mich wohl nicht
sonderlich viele Arbeitsschritte erwarten, bis zu dem
feierabendlichen Surren, welches unter grünem LED-
Geblinke der Konsolen die mir endlich nach so viel
bohrender Langeweile und monotonen Knopf- und
Tastatureingaben heftigst ersehnte Freizeit ankündigen
würde. Nach einer gewissen Eingewöhnungsphase hier
empfand man die eigene Hand quasi als mit dem
Kontrollpult verschmolzen. Hinter der semipermeablen
Scheibe konnte man sehr gut die drei zugewiesenen
Produktionstrakte betrachten: Vollautomatisierte
Förderbänder liefen zwischen den dampfenden Synthese-
Kesseln, Zentrifugen, Schläuchen und Kolben hin und
her. Künstliche Intelligenzen konfigurierten, erhitzten
und vermischten Zutat für Zutat, und transportierten das
Ganze immer weiter zum nächsten Vorgang. Verdammt,
selbst im Falle einer Komplikation überwachten unzählige
Thermometer, Sensoren und sonstige Messgeräte die
verschiedenen Werkschritte…Mein einziges Zutun
innerhalb der Herstellung von „Treninotschskis Soljanka"
bestand darin, zu Beginn der Schicht die vorgegebenen
Zutaten und Kochprogramme an die diversen Maschinen
zu verteilen. Dann sah ich auf die Excel-Tabellen,
Füllanzeigen und Diagramme, bis sich die

Balkenanzeigen nach viel Gegähne und Schulterstrecken endlich von rot über gelb nach grün verfärbt hatten... schließlich brauchte ich nur den jeweils blinkenden Schalter mit der Nummer '4', '5' oder '6' zu betätigen, worauf sich in der Mitte der Halle eine riesige Ofenluke öffnete. Aus einer Art gewaltigen Mikrowelle schob sich dann ein gigantischer, containerartiger Kochtopf heraus auf die Rollbänder. In ihm schwappten fast zwei Tonnen Eintopf, bestehend aus Laborgemüse, Hormonfleisch und etlichen weiteren Konservierungs- wie Aromastoffen, welche in Richtung Verpackungsanlagen weiterbefördert wurden. Der Rest der Schicht bestand dann darin, fast 10 Stunden auf den flimmernden Bildschirm zu starren, und auf eine registrierte Fehlerdiagnose zu warten. Da unsere staatliche Manufaktur veraltete, störanfällige Technologie verwendete, leuchtete das rote LED-Lämpchen oft genug am Tag. Genau jener alarmierende Farbton, gepaart mit dem nervtötend hochfrequenten Piepen, riss mich wieder einmal aus der gedanklichen Starre! Intuitiv überflog ich die Kontrollanzeigen, und sah ein stark blinkendes Feld mit der Aufschrift „Gemüsezubereitung". Sind es schon wieder die Gurken, die Probleme verursachten? Genervt stoppte ich den vierten Produktionstrakt mittels eines gelben Knopfes und stand vom Schaltpult auf. Die stählerne Schiebetür öffnete sich, wenn man den im Handballen implantierten Chip vorhielt, und eine Türlinkenbewegung nachahmte. Mehrere Stufen der Gittertreppe nehmend, registrierte ich bereits, woran es liegen musste... der Häcksler streikte wohl. Jedenfalls standen die sonst wirbelnden Klingen in der kolossalen Rührschüssel still. Es fielen trotzdem weiterhin aus den Zulaufrohren Tomaten, Gurken und der labbrige Abklatsch einer Paprika in den matschigen Brei. An der

Maschine öffnete ich eiligst den Sicherungskasten. Über vielen scheinbar überschaubaren Reglern und Tasten bestand in einem Display die Auswahl aus 'Systemdiagnose', 'Produktion manuell stoppen' und 'Geschwindigkeit der Rotoren einstellen'. Zunächst entkoppelte ich die Maschine von der sonstigen Produktion. Mit einem großen Ruck fiel noch einmal ein großer Schwall Tomaten hinein, die vereinzelte Letzte wurde sauber halbiert, als sie auf einer der freischwebenden Klingen landete. Nun erst mal geschaut, was überhaupt los war. Die Fehlerdiagnose brauchte immer einen Moment, so dass mir in der Zwischenzeit der Gestank beißender Chemikalien in die Nase gestiegen war. Er rührte von dampfenden Fugen oberhalb des Soßenkessels, der unweit entfernt ja eigentlich auf die Gemüsestreifen und Fleischstücke wartete. Bei vorzeitigem Abkühlen nach nicht ordnungsgemäßen Kochvorgang zerfiel ein Teil der Geschmacksstoffe, die die gustatorischen Eigenschaften der traditionellen Salzgurkenlake und des Weißkohls nachahmen sollten... zurück blieb ein fauliger Geruch und ein leicht pelziger Geschmack im Mund. - Oft für den Rest des Tages.

„Fehlerlokalisierung abgeschlossen", verkündete das Touchpad. „Fremdkörper eingedrungen – Produktion bis auf weiteres eingestellt", hieß es weiter. Wieder nur ein 'T17'? In diesem Routinefall konnte ich nichts anderes tun, als wie im Handbuch beschrieben eine Drohne anzufordern. Na toll. Welchen Sinn sollte es aber auch haben, selber in diesen übergroßen Mixer zu klettern und nach einem unbekannten Kleinstkörper zu wühlen?

Gelangweilt tatschte ich auf der Digitaluhr das 'T' und die '17'.

Eine halbe Minute später erschien aus einem Zugangsschacht über dem Hallentor ein etwa kaninchengroßes Flugobjekt. Immer näher sauste das von einem Rotor angetriebene Roboterwesen, bis 'Detecto217b' auf Höhe meines Brustkorbes in der Luft verharrte.

„*Lididiiiip*", machte die Drohne, als ihre fühlerartigen Antennen mich registrierten. Sie wand sich dem Sicherheitskasten zu und scannte ihn mit einem Infrarotlichtkegel. Diese Art Robotertyp glich von der Form einer fliegenden Schnecke, nur dass statt einem Schneckenhaus ein kastenförmiger Elektromotor mit einem Propeller auf dem vollständig beweglichen Rumpf angebracht war. Nach einem neuerlichen:

„Lididiiip" landete Detecto auf dem Deckel der Zerteilermaschine, und faltete seine Rotorblätter ein. Wie eine Raupe wand er sich in Richtung eines schmalen Luftloches, schlängelte sich hindurch und landete drinnen auf den Tomaten. Sofort bahnte er sich den Weg durch das Gemüse und grub sich in das Innere des Gemischs. Und, was würde sich finden? Ein gewöhnlicher Kieselstein, wie fast immer? Kakerlakengetier? Oder doch nur wieder ein Stück Plastik? Tag ein, Tag aus dasselbe! Plötzlich tauchte mein elektronischer Gehilfe wieder auf der Oberfläche auf, und krabbelte dank seiner Haftbeschichtung das Glas einfach wieder hoch, und quetschte sich wieder durch das Belüftungsloch. Kaum wieder an der frischen Luft, klappten sich seine Rotorblätter wieder aus, und er erhob sich in die Lüfte. Ich folgte ihm zu der silbernen Schale direkt neben dem Sicherungskasten. Mit einem letzten „*Lididiiidiiip*" öffnete sich eine schaufelförmige Luke, die wohl so etwas wie

Detectos Mund darstellen sollte ... und ein schleimiger Ball fiel heraus auf die Aluminiumschale. Akribisch begann ich mit einer Gabel das Häufchen zu durchkämmen, während die Drohne, noch voller Tomaten und Gurkenmatsch davonbrauste. Hmmm... Moment mal... was zum Geier?! War meinen Augen zu trauen!?

Das konnte doch nicht etwa tatsächlich eine Wespe sein? Aber das war unmöglich! Seit meiner Kindheit als kleiner Junge in den Getreidefeldern an der Wolga hatte ich keine mehr gesehen. Ihren Rumpf nur leicht mit der Gabel tangierend, provozierte ich plötzlich ihre Instinkte. Sie verließ das Innere der wässrigen Paprikahälfte, und obwohl ihr zwar mehrere Beine fehlten, waren die Flügel wohl intakt geblieben! Nachdem sie noch so ein, zwei Zentimeter über die Schale gekrabbelt war, flog das eigentlich ausgestorbene Insekt los, und landete auf meiner Schulter! Sichtlich geschockt pustete ich sie weg. Einmal als Kind hatte ich eine ernsthafte allergische Reaktion, als ich auf eine insektizidresistente Hornissenart an den Flussufern stieß... nun jedoch flog sie ziemlich aufgebracht mit einem hakenförmigen Schlenker auf mich zu und landete auf der nackten Haut des rechten Oberarmes. Sie würde mich doch wohl nicht stechen?! Als das Insekt versuchte, mir fast unter die Ärmel innerhalb der Arbeitsklamotten zu krabbeln, schnipste ich es kurzerhand weg. Zu groß war die Angst! Doch plötzlich war sie auf meinem Hals gelandet. Nein, verdammt! Mit der linken Hand schlug ich sie weg, und bevor die Wespe mit ausgezogenem Stachel auf meinen Beinen landen konnte, schnipste ich sie auf den Boden und trat auf das mich attackierende Insekt. Kurz knirschte es, Moment mal, das klang irgendwie…

unnatürlich? Beim Inspizieren der Schuhsohle staunte ich dann nicht schlecht: Statt zerdrückten Insekts in seinem Körpersaft bot sich der Anblick eines kaputten, überholten Spielzeuges irgendeines Spionagedienstes. Es fiel ein weiteres, täuschend echt aussehendes Beinchen heraus aus dem Häufchen kleinster Platinen, Widerständen und Transistoren, und natürlich war da noch ein kleines Kamera-Objektiv, na klar! Verflixt und zugenäht! Was auch immer das zu bedeuten hatte, da hatte ich keinen Nerv für. Das Ganze am Tischbein abstreifend, wurde mir wieder einmal klar, dass dieser zeitraubende Unsinn hier im Betrieb mir grade einmal ein paar hundert DIGI-Unions mehr über dem läppischem Grundeinkommen einbrachte. *Und dann auch noch aufpassen müssen, dass nicht sonst was für Nachrichtendienste insgeheim mit fragwürdigen Miniatur-Aufklärungsdrohnen hier im Eintopf herumschnüffeln?* Nein danke. Aber sollte ich es nicht doch melden? Doch dann kamen wieder diese Inspekteure von der Zentralregierung, und lasen die Chips von mir und den Kollegen aus. So lange standen alle Maschinen still, und wir mussten auf Anweisung auf dem Werkgelände bleiben. Genau deswegen wollte ich auch nie so eine ganz neumodische Neural-Schnittstelle... die Vorstellung, diese Wichtigtuer aus Peking könnten, wie neuerdings anhand im geheimen Zirkel durchgewunkener Ratsbeschlüsse darüber entscheiden, einfach aus dem Nichts hereinzuplatzen, und in meinen Kopf zu luschern, ob sich denn da brauchbare Informationen befänden, dieses Bild jagte doch Unbehagen ein. Ein gewöhnliches Implantat reichte doch völlig! Warum sollte man all seine Erfahrungen und Empfindungen für immer in Echtzeit speichern wollen? Spöttisch dachte ich mir, wem meine Erinnerungen irgendwas bringen würden – welcher ermittelnde Geheimdienstler wohl schlauer werden könnte, aus den Terra-Bite großen Dateiordnern, wie ich hier fast achteinhalb Jahre Eintopf kochte, beziehungsweise von Fertigungsanlagen zusammenrühren ließ, auf Knopfdruck? Nein, nein und nochmal nein! Noch blieb es gefälligst dabei, dass die Gedanken frei waren! Müde lächelnd klappte ich den Sicherungskasten mit viel Schwung zu, und schlenderte zur Gittertreppe. Pfff! *Ach... eigentlich konnte mich die Zentralregierung doch mal gehörig am Arsch lecken!* Irgendwie war ich heilfroh, dass ich das einfach so für mich in der Stille denken konnte. Niemand außer mir war dazu imstande, diese strafrechtlich relevante gedankliche Aussage zu registrieren! Einen kurzen Moment auf der fünften Stufe verharrend, lobte ich mir die ja nicht mehr ganz so selbstverständliche Freiheit des Geistes.

Denn wo wird unser globaler Überwachungsstaat uns einmal hinführen? Sie hatten ihre Nase doch schon in jede noch so verwinkelte Angelegenheit innerhalb der Erdatmosphäre gesteckt. Reichte es nicht, dass der Computerchip im Hippocampus bereits sämtliche personenbezogenen Daten alle zwölf Stunden zwischenspeicherte? Dass nahezu jeder vitale Parameter, vom Puls bis zum Blutzuckerspiegel auf einem Server landete? Auf Schritt und Tritt wussten sie, egal wann und wo ich aß, scheißen ging, schlief... selbst der Versichertenstatus und das gesamte Kapital ruhten, in Nullen und Einsen beschrieben, auf einer mikroskopischen Platine oberhalb meines Handgelenks. Auch viele essenzielle Alltagsgegenstände wie Schlüssel, Türklinken und auch die Lichtschalter waren längst digitalisiert worden. Mit Zugangsrechten reichte das schlichte Nachahmen der Bewegungen in einem elektromagnetischen Bluetooth-Frequenzbereich, um

Räume zu betreten und die Beleuchtung anzuschalten. Und so drückte ich in der Luft eine imaginäre Klinke, begab mich in den Kontrollraum, und knipste das Licht mit dem Zeigefinger an. Aber nicht doch! Wirklich? Noch ganze dreihundertneunundvierzig Minuten? Rein statistisch gab es den nächsten Störfall erst wieder in anderthalb Stunden. Verdrossen nahm ich Platz; das Kissen mit dem Thermal-Gel war immer noch warm. Einen Knopfdruck später fuhren sich die Maschinen hoch, und ruckelnd und ratternd setzte Produktionstrakt Nummer '4' wieder dazu an, Fahrt aufzunehmen. Das übliche kleine Fenster erschien, es galt im System einzutragen, welche Art Fremdkörper eingedrungen war. Ich beschloss, nichts gehört oder gesehen zu haben, und tippte das Wort „Verpackungsrest". Durch die Scheibe auf die Schüssel der Zerteilermaschine linsend, erkannte ich mit Genugtuung, dass die Klingen durch die Zutaten wirbelten, der Häcksler häckselte wohl wieder...

Es war Wartungsarbeit. Wartungsarbeit in dem Sinne, dass der eigentliche Fokus der Tätigkeit darin bestand, zu warten. Stets dasselbe: Die mich erwartenden Maschinen und Roboter folgten den Monitoreingaben, und nach einiger Wartezeit in fortwährender Erwartungshaltung, die Apparaturen warten zu müssen, folgte ein Knopfdruck, und wenn dann nichts Unerwartetes geschah, durfte es wieder von vorne losgehen: Darauf warten, dass sich die Speicher beispielsweise mit den gentechnisch veränderten Gurken aufgefüllt hatten. Und dazwischen?

Quälende Langeweile! Womit sollte ich bloß dieses Vakuum füllen? Diesen einfach schrecklich zweckentfremdeten Zeitraum, bis die holographische

Anzeige auf Null heruntergezählt hatte? Vielleicht irgendeinen unsinnigen Quatsch herunterladen? Womöglich sogar noch etwas Spaßiges? Eigentlich wollte ich diese Website doch nicht mehr so oft besuchen... doch schon war es zu spät: Längst scrollte ich über die Produktpalette einer Website namens „I.Narco.ru" und merkte, dass dort ein Preisknaller den nächsten jagte. „*I.NarcoIndustries.tm*" war eine Firma von Schweizer Bioinformatikern, welche längst entschlüsselte neuronale Signalkaskaden verschiedenster pharmakologischer Substanzen in Form spezifischer Gehirnwellenmuster vermarktete. Recht schnell hatte sich etwas gefunden. Das Produkt „Straight-Harmony" klang genau nach dem, was ich jetzt brauchte. Es versprach eine Sedierung in wohlig warmer Geborgenheit bei gleichzeitig erhöhter Konzentration. Wer könnte da nein sagen? Angeblich setzte sich das Programm aus den Eigenschaften eines Noradrenalinwiederaufnahmehemmers und eines experimentellen Oxytocinderivates zusammen. Wie, sogar heruntergesetzt?

75% Preisnachlass? Nur hundertzwanzig DIGI-Unions? Puh, da drückt sich der Download-Button ja wie von selbst! Ein kleines Fenster erschien:

**„I.NarcoIndustries haftet nicht für eventuelle Schäden an ihrem zentralen Nervensystem."**

Jaja, ja... ja, schon klar... auf die allgemeinen Geschäftsbedingungen antwortete ich mit gleichzeitiger Authentifizierung meiner Personalien und Abschluss des Kaufvertrags, indem ich einfach mit dem Zeigefinger auf „Bezahlen" tatschte, und in ein Fenster unterhalb des sich auflösenden Buttons einfach in die Luft ein Häkchen in den Infrarotfrequenzbereich setzte. Nun erschienen endlich die begehrten Codes als blinkende EAN-Streifen auf dem Bildschirm. Als ich die Hand an den Flatscreen hielt, füllte sich der Ladebalken immer weiter, bis zum:

**„Übertragung abgeschlossen" -Programm startet in 5 Sekunden: 1,2,3,4,5!"**

Jawoll! Ich schloss den Browser, und ging zum eigentlichen Betriebssystem zurück, rief die firmeneigene Software auf, und lehnte mich weit, weit zurück in den Drehstuhl... fast schon ein bisschen zu weit aus dem Fenster zu lehnen schien ich mich auf einmal... während der Drehstuhl sich unruhig mal nach links, dann nach rechts, und daraufhin anschließend wieder mit viel Schwung nach links drehte, wurde es immer doller. Meine Bein- und Armmuskulatur entspannte sich immer weiter, auch der sonst so furchtbar verkrampfte Rücken war nun weniger spürbar. Urplötzlich durchzog ein warmes Gefühl meine Bauchgegend, es breitete sich im ganzen Körper aus, von den Füßen bis in die Fingerspitzen! Der Kopf jedoch blieb kühl und klar. Mit einem Mal waren die farbigen Tabellen von der Leuchtkraft her wesentlich intensiviert, und die Konturen, Pixel um Pixel verschärft, sogar ein klein wenig vergrößert. Es war, als könnte die sekundär erlangte temporäre Fokussierung des Verstandes die vergangenen Sekunden und Zeitintervalle genauso exakt schneiden wie eine Uhr. Jedenfalls stimmten die empfundenen Schätzungen und Werte fast immer haarscharf mit der tatsächlichen Position der Zeitachse überein. Gleichwohl überströmten Wellen der Euphorie meinen Körper, grundlos lächelnd und wieder einmal von mir selbst um mein Serotonin betrogen, ließ ich den Kopf nach hinten sacken, und schloss die Augen.

Auf einmal war es schwierig zu definieren, wo mein Gesäß aufhörte und wo der Drehstuhl anfing. Wie gut war ich hier nur aufgehoben! Ja! Wie herrlich! Hier ist es sicher, ganz bestimmt... puh, als hätte man es mit der Muttermilch aufgesogen, haha! Eine kurze Weile saß ich noch so da, dumm, glücklich, betäubt und trotzdem irgendwie konzentriert von irgendeiner verramschten Software, die ich über den Neural-Prozessor auf meine Schaltkreise losgelassen hatte, bis plötzlich ein monotones:

*„Wup-Wup-Wup-Wup-Wup"* und ein grün blinkendes Feld mich aus den selbstgefällig kreisenden Gedanken riss, die zu gleichen Teilen auf der Überschätzung eigener Kompetenzen bestanden und auf der schier transzendentalen, hineingewachsenen Beziehung zum gelgepolsterten Drehstuhl und der damit einhergehenden pseudohaften Lobpreisung des hiesigen Arbeitsplatzes, basierten. Aha? Was? Trakt '5' wäre dann so weit! Oh, welch ein Ereignis! Feierlich hob ich meinen Arm... wie viele Milliarden Jahre Evolution waren von Nöten gewesen, um dieses humane Allzweckwerkzeug zu formen, mit dessen Macht sich jegliche Konzeption in die Welt hinein konstruieren ließ! Wie weit hatten wir als Spezies es damit gebracht! Und dass soll jetzt hier meine Bestimmung sein? Die von der Gattung auferlegte Aufgabe? Auf den jeweiligen Schalter zu drücken, um dann bereits fertig zu sein, weil die Maschinen ja eh schon alles erledigt hatten?! Mit einem von „I.NarcoIndustries" aufgesetzen Lächeln drückte ich desillusioniert die '5' ... manchmal half der Gedanke, wie viele hungrige Mäuler in der Provinz diese paar Tonnen Eintopf doch stopfen würden... dann fühlte man sich ganz kurz nicht ganz so nutzlos und ohne Bedeutung. Ein letzter Hauch des

einstigen Feuers der sozialistischen Überzeugung huschte dann durchs Emotionenkabinett, doch die nervlichen Regungen und Identifikationen mit unserem politischen System waren im Laufe der Jahre unwiderruflich überschrieben worden, von immer neuen Daten bezüglich totalitärer Kontrolle, Gewalt und zunehmender Umweltzerstörung. Auch so etwas wie eine globale Planwirtschaft, von riesigen Rechenzentren durchkalkuliert, und von auf diesem Gebiet weltweit besten Mathematikern und Volkswirtinnen entworfen, alle diese fein ausgetüftelten Modelle und Funktionen, Prognosen und Produktionsüberschüsse können nicht auf längere Zeit reibungslos funktionieren – nicht mit dem Faktor Mensch als Variable. Als Naturprodukt unterlag leider auch sein Verhalten jenen biologischen Schwankungen, die auch die leistungsstärksten künstlichen Intelligenzen nicht zu berücksichtigen imstande wären. Wir waren der verhängnisvollen Verheißung nachgejagt, es seien wirklich alle Menschen gleich. Doch wir vergaßen, dass es immer Artgenossen gab, die von ihrer charakterlichen Disposition her nach größeren Machteinflussbereichen und Eigentum strebten. Obwohl wir dank der Automatisierung wie im Schlaraffenland in Hülle und Fülle lebten, bis auf eine Handvoll privilegierter Großfamilien, die in unvorstellbar großer Verschwendungssucht gewaltige Festivitäten abhielt, bis auf jene Kreise hoher Ratsabgeordneter, Militärs und industriellen Großkauffrauen sprangen bis auf ein paar Quadratmeter in einer der legebatterieartigen Mietskasernen, partiell gesicherten Grundbedürfnissen und Konsumgütern, die etwa die Zeit totschlugen oder die Lebenserwartung senkten, nicht sonderlich viel herum für den einzelnen Bürger. Und so wunderte es nicht, dass sich mit steigender Unzufriedenheit innerhalb der

Bevölkerungen dieser Erde die Fesseln der Überwachung immer engmaschiger und straffer um die eigene Haut spannten. Im Gedanken an den Eintopf, der im Abgang so charakteristisch säuerlich schmeckte, und den man noch einmal gesondert abkommissionieren musste, wenn ein Störfall aufgetreten war, drückte ich auf „*Ladung bestätigen*" und dann noch einmal auf die '5' ... in der Mitte der Halle öffnete sich die knapp sechs Quadratmeter große Luke des Mikrowellenerhitzers. Während die Rollen damit begannen, den wuchtigen silbernen Behälter voll dampfenden Dosenfraß weiterzubefördern, fiel mir in der Reflexion der Scheibe erstmalig auf, wie kräftig mein Kiefer eigentlich mittlerweile malmte: Schweißperlen rannen über Stirn und Nase, und extrem geweitete Pupillen starrten kalt und verstört in ihr Spiegelbild, ohne eine bekannte Seele darin auszumachen. „Straight Harmony" begann jetzt schon, immer unharmonischer zu werden. Mit jedem weiteren Atemzug verabschiedete sich die entspannende Rundum-Zufriedenheit, die mich so mit dem Stuhl verschmelzen ließ ein wenig mehr aus meinem Körper. Es verlagerte sich immer weiter auf die stimulierenden und aufmerksamkeitssteigernden Gehirnmuster des Programms. Der Puls beschleunigte, und die Zeit schien an mir vorbeizurennen, obwohl die Minuten nicht vorübergingen... Unruhig hämmerte ich mit den Fäusten auf das Armaturenbrett, sah zur Uhr und dann wieder auf die Füllanzeigen, dann wieder zur Uhr und zurück auf die Füllanzeigen, von ihnen wieder zur Uhr, und von da wieder auf die Anzeigen... na los, na mach schon endlich! Bei beiden schien es nicht vorwärtszugehen. Auf einmal war ich trotz Sitzens völlig aus der Puste, der Schweiß floss in Strömen den Rücken herunter... doch leider wurde die Wirkung immer noch stärker!

Inzwischen hatte ich mir völlig geistesabwesend Zunge und Backen aufgebissen, und knirschte unruhig mit den Zähnen vor mich hin. So langsam wurde mir ein wenig schwindelig und auch der Gleichgewichtssinn war beeinträchtigt. Plötzlich wurde mein Sehfeld mehr und mehr... *verschwommen*... Puh, jetzt dürfte es auch mal aufhören, verflixt nochmal!

„Ey, was wird's denn?" klagte ich stöhnend, und stand auf, und beugte mich, auf einmal von immenser Übelkeit überwältigt, über das Kontrollpult. Verdammt! Von wegen weniger körperliche Nebenwirkungen! Schreckliche Kopfschmerzen brachten die Stirn zum Glühen. Ich stolperte zum Mülleimer und kniete mich darüber, und reiherte einen großen Schwall hinein, dann hing ich wie ein nasser Sack darüber und würgte noch einige Male, doch auch die vollständige Leerung des Magens vertrieb die Übelkeit nicht. Zusammengesackt hielt ich den Kopf zwischen den Händen, weil die Schmerzen unaushaltbar wurden... irgendetwas Warmes lief von meinem Schoß die Oberschenkel herunter. Hatte ich mich gerade wirklich eingenässt? War das Urin in meiner Hose? Dies war die letzte Frage, die ich mir stellen konnte, bevor es schwarz um mich wurde.

Wie lange war ich weg gewesen? Für kurze Zeit musstes ich das Bewusstsein verloren haben, aber wenigstens war ich diese heftige Übelkeit losgeworden. Autsch! Der Schädel brummte weiterhin. Bitte was? Geschockt sah ich zur Holo-Uhr… nicht mehr und nicht weniger als zweihundertachtundneunzig Minuten sollte die diestätige Tortur andauern? Als ich mich aufrappelte, begrüßte mich die Konsole mit ihrem Geblinke und den piependen Warnsignalen. Trakt ‚6' und auch die ‚4' waren längst fertiggestellt. Beschämt sah ich an meiner Arbeitskleidung runter zu dem klebrig warmen Fleck im Schritt. So etwas war mir vorher wirklich noch nie passiert….

„*RINGLINGDING!RINGLINGDINGRINGLING!*"

Oberhalb meiner Smartwatch war die holographische Projektion des Abteilungsleiters erschienen, und wer ihn persönlich kennengelernt hatte, wusste wie trügerisch dieses bewegte Standbild eines freundlich zwinkernden und beleibten Chinesengesichtes sein konnte… das hier war wohl der denkbar schlechteste Zeitpunkt überhaupt, um ihm zu begegnen, aber… es half alles nichts. Mit dem Wischen des Ringfingers nahm ich den Holo-Anruf entgegen, das Standbild defragmentierte sich zuerst, um sich dann wieder zusammenzusetzen. Ein fettes, viel weniger entgegenkommend dreinschauendes Antlitz einer vorwurfsvoll schnaubenden Autoritätsperson sah von dem Handgelenk hinauf zu mir.

„*Pjiotl!! Pjiotl!!!*", fauchte er. „*Wo bleibt Ploduktionsguuut?! Ganzööön Velpackungsadeilung steht auf den Kopf, jaa! Willst du dön Tagesplan geföhldeen, du Made?*"

Von seinem Spucke schleudernden Brummschädel zum

Schaltpult schauend, entschuldigte ich mich:

„Es tut mir wirklich, wirklich leid, Mr. Wang! Ich kann mir irgendwie nicht erklären, wie das passieren konnte. Wahrscheinlich ist eine Maschine oder so…" Schnell drückte ich die beiden Schalter. „Etwas ist defekt, oder es ist wieder der betriebseigene Signalverstärker, vielleicht auch…;"

*„Schnauzeee! Fül wenn hälst du dich, hmmm? Waaas hast du getlieben, in letzel halbel Stundöö?! Velpackung waldet, und Ladebehälteeel von Paplika läuft langsam übel!"* Als ob diese zwei Kessel Eintopf den Jahres, oder auch nur den Tagesplan gefährden würden. So ein mieses Parteischwein…

„Na ja…", entgegnete ich eingeschüchtert: „…müssten sie meine Daten nicht theoretisch einsehen können?"

*„Daaas ist es ja!"*, brummte er, *„Immel, wenn ich Intelface auflufe, ist da einen liesige Lucke von del Aufzeichnung ihlel vitalel Palamedel… was hast du gemaaaakt, hmmm? Hiel stehn nua laudö unblauchbale Schliftzeichön, dazwischen eine lange Zahlenfolge? Was soll den Scheissö, ha?! Und dann sagt Intelface bloß: ,Ulsplunglichel Sustaand von dö Hippothalamus weitestgehönd wiedelhelgestellt? Walnung! Möglichel Fehlel bei Zellexplimielung?' Was fül ein Scheissö hast du da gemakt, ha??!"*

Verdammt, das würde sicherlich noch Ärger geben… Datenlücken im Chip konnten einen furchtbar schnell in den Fokus ermittelnder Geheimdienstler bringen. Schnell versuchte ich mit meiner Körperhaltung zu signalisieren, dass ich den Schwanz eingezogen hatte, und wand mich mit entsetzter Stimme an Mr. Wangs Hologramm:

„Das klingt ja wirklich beunruhigend! Hoffentlich ist mein Gerät nicht kaputt oder so etwas!" Skeptisch und nun auch wirklich um den eigenen Gesundheitszustand besorgt klopfte ich mit der Faust auf dieselbe Art gegen meine Schläfe, wie es meine Ururgroßeltern einst taten, wenn ihr TV-Bildschirm einen Wackelkontakt hatte. Mr. Wangs stellvertretendes Hologramm sah herablassend von meinem bleichen Gesicht an mir herunter, bis sein Blick an dem großen kreisrunden Fleck hängen blieb. Unzufrieden schüttelte er den Kopf, und sah dann gehässig zu mir auf:

*„Hast du deinön Windel velgessen, hah? Bist du no ein kleine Baby, odel waahas? Kaum su glaubön, abel soeineetwas welde ich wohl odel übel melden mussen!"*

Mein Herz stockte. Nein, nein, nein, nein... nein!

„Aber Mr. Wang! Das ist doch nicht nötig", flehte ich ihn an. „Ich schwöre, hier muss es sich nur um einen technischen Defekt der Datenübertragung im Werk oder so was handeln! Sie können auch gern ein... zwei, drei Monatsgehälter einbehalten! Aber bitte, bitte tun Sie alles, nur das nicht!"

*„Oh, sooo is daas,ha?"*, knurrte er mit hochgezogen Brauen. *„Nuen, weiß du, technischel Defekt intelissielt mil einen Scheißdleck! Abel weiß du, fül welchö Leudö technischel Defekt übelaus spannönd ist? Sichelich, den Beamtö von del K.K.K. finden sehl spannönd, ja?"*

Nun war mein Herz in die Hose gerutscht. Verzweifelt sah ich seine mandelförmigen Augen, versuchte mit den Angstschweißperlen auf der Stirn irgendwo hinter seiner

Iris an seine Mitmenschlichkeit zu appellieren, und sich zu entscheiden, seinen Artgenossen NICHT den Hunden des Kognitiven-Kontroll-Kommandos zum Fraß vorzuwerfen. Doch seine Augen blickten genugtuend zurück. Er genoss es zweifellos, im Recht zu sein.

„Aber nein, ich kann das erklären", stieß ich aus. Seine Miene verzog sich, er schnalzte mit der Zunge und konterte:

„*Ahhh... du hades dohoch schon Seit, um zu erklölen, odell? Ist nicht meinö Albeitsaufgabö, su helausfindön, was du getlieben hast, odell? Schlieselich solge ich nua dafua, dass den Ploduktion funktionielt! Oh, und ausseldöm wäle es nicht nua gegen Volschlift sondeln gegön allehes, wofua unsel glolleiches Gloßleich steht, hmm?*" Mr. Wang sah mich mit leicht trotziger Mimik und vorgeschobenem Unterkiefer an und offenbarte: „*Also wenn dahas wilklich so ihest, von wegön technischel Defekt, dann welden wil dich wohul leidäl entlassen mussen, Petel... ach neihen, Pijotl wal dein Namö, odell?*"

Verblüfft starrte ich mit offenem Mund auf den Abteilungsleiter hinunter... irgendwie ging das zu schnell, wie, in Dreiteufelsnamen ist das hier jetzt passiert?! Man sah, dass er nebenbei bereits Tastatureingaben eintippte.

Ungläubig fuhr ich ihn an:

„Das kann jawohl nicht ihr Ernst sein!"

Kurz sah er auf, nicht weit genug, um mir in die Augen zu sehen.

„Scheiseeeh, du has mil schon lichtig velstandön, ja!"

62

Pflichtbewusst hielt er seinen kleinen Finger ans Ohrläppchen, um irgendeine bestimmte Person entgegenzunehmen.

*„Um dihich auszuloggön, mus du abel no einma auf Ebene Funf, is dahas klahl? Die in del Verwaldungsinfolmadick mussen dir erhast nomal aus den System nehmön! Hast du mil velstandön?! Has du kapielt?"*

Gekränkt resignierte ich:

„Nun, also wenn das so ist! Dann werde ich meinen Platz jetzt wohl räumen müssen es tut mir leid!"

*„Jaja, blablabla.. schohon gued, ja. Ich welde Tlakt Fia, Funf und Seks einfak auf Audomadik stellön. Habö dohoch nua kleine Schelz gemakt, ja? Als ob Tagesplan wilklich gefäldet wäle... pff, tzzz, tzzz... jetzt gehö bidde, niemand blaucht eine Albeidel mihit defekten Implantat okay?"*

Mit dem Finger am Ohr murmelte er noch: „'TD21' in del Ploduktion, jaha, wiedelholle: 'TD21' in del Ploduktion," bevor er sich mit dem Wischen des kleinen Fingers ausknipste.

War das gerade tatsächlich geschehen? Ich gaffte noch einige Sekunden auf die Stelle oberhalb meiner Smartwatch. Wie hattee ich das denn nur wieder hinbekommen? Und das so unglaublich schnell? Einmal nicht aufgepasst, schwach geworden und an totalen Mist geraten! Warum musste ich nur immer so ein Vollidiot sein, wieder und wieder? Unsere globale Wirtschaft, deren Fäden von einer Art knallhartem Staatskapitalismus gezogen wurden, bot in ihrem selbst erzeugten Schlaraffenland doch jede erdenkliche Spielart der Beschäftigung und des Konsums! Und auf welche der Verlockungen aus diesem unendlich weiten Meer der potenziellen Auswahlmöglichkeiten war ich hereingefallen? Warum nahm ich nicht lieber an der werksinternen Verlosung teil? Als Hauptgewinn war eine Teilnahme an einer der begehrten Weltraumkreuzfahrten zu den Mars – Basen ausgeschrieben. Die zweitplatzierte Person würde einen Toyota-Fly 7 gewinnen, mit Vollausstattung... für den dritten Platz war ein Jahresabo in dem Virtual-Reality-Bordell „Digital-Sensations" vorgesehen. Und auch, wenn ich mir ja ausmalen konnte, wie ungeheuer unwahrscheinlich es war, dort etwas zu gewinnen, Herrgott nochmal, hätte nicht die schlichte Teilnahme genügt, um mir so ein wenig endogenen Nervenkitzel zu verschaffen? Auch eine Niete hätte doch bereits geballte Spannung generiert, und das natürlich, endogen und frei aus dem Bauch heraus! Irgendwie wurde es einem im Laufe der Jahre fast unmöglich gemacht, auf natürliche Weise Freude zu empfinden... denn das menschliche Gehirn, die Steuerungszentrale des privaten Seelenlebens, unterlag nun der Kontrolle eines Computerchips. Tja, und wer kontrollierte eben diesen Chip? Die Regierung natürlich! Ein letztes Mal sah ich noch voller Hass in die Produktionshalle, eigentlich wollte ich noch eben schnell über den Betriebsrechner auf eine Suchmaschine zugreifen, und schnell herausfinden, was denn die Bezeichnung 'TD21' meinte, wieso das auf mich zutraf, und was das für Konsequenzen hatte, doch leider war das Desktop schon gesperrt, es leuchtete nur noch ein gelbes Feld mit der Aufschrift 'Automatische Kommissionierung'. So blöd, daheim nachzuschauen, was eine Abkürzung des Kognitiven-Kontroll-Kommandos bedeutete, konnte ich ja nicht sein. Ich rückte den Stuhl ran, und ging zur Tür, während ich sie öffnete, versuchte ich verzweifelt, die letzte Dreiviertelstunde sowie ihre sich überschlagenden Ereignisse zu ordnen. Dabei war doch bis auf die sonderbare Miniatur-Aufklärungsdrohne nicht sonderlich viel geschehen! Als ich den langen Korridor an den anderen Produktionskontrollkabinen entlang schritt, wunderte ich mich immer mehr über den so unglimpflichen Ausgang des Arbeitstages. Schließlich konsumierte ich regelmäßig I.Narco-Produkte hier im Betrieb. Außer gelegentlichen Sehstörungen und ausgesprochen schlechter Laune waren nie ernsthafte Nebenwirkungen aufgetreten... leider schaffte ich es grade nicht, meine besorgte Mimik vor den Kameralinsen zu verbergen. Mit einem unguten Gefühl betrat ich die automatische Wendeltreppe, durch deren Rundum-Verglasung man noch mal einen weit ausschweifenden Blick durch die Verpackungsabteilung werfen konnte. Keine Menschenseele, nur unzählige Roboter und unendlich viele Paletten Dosen, und Plastikbehälter. Nach und nach fuhr ich in der verglasten Spirale durch die verschiedenen Etagen, passierte die Klon-Anlagen und Geschwindigkeitsmastbetriebe, die Laboratorien mit den Hydrokulturen, vorbei an dem Stockwerk für chemische Aufbereitung, bis ganz hoch zum Dachgeschoss, das als Logistikzentrum praktischerweise einfach von

Güterdrohnen und Luftschiffen angesteuert werden konnte. Auf dem ganzen Weg kaum eine zweibeinige Lebensform, nur hier und da mal eine vereinzelte labortechnische Assistentin oder ein Systemelektriker, ansonsten nur Robotergliedmaßen. Einen Flur später betrat ich die großzügig mit Licht durchflutete Eingangshalle. Etliche Propagandaplakate der Zentralregierung säumten die hohen Wände, und dutzende Kameraobjektive registrierten meine Wenigkeit sofort... man konnte dem Ganzen einfach nicht entfliehen... nie. Kurz sah die Dame am Empfang abschätzig zu mir herüber. Von meiner Verabschiedung ließ sie sich nicht weiter behelligen, auch sie schien auf einmal etwas einzutippen. Mit einer sehr mulmigen Vorahnung in der Magengrube trat ich durch die Schiebetür, und befand mich in einem etwa hundert Meter langen, verglasten Tunnel, der diese Werkhalle und die anderen Manufakturen mit dem Wolkenkratzer verband, in dem sich auch die Verwaltungsinformatik befand. Unweit entfernt lag ein Wald aus Schornsteinen, Produktionsgebäude bis zum Horizont, ab dem die Großstadt zu wuchern begann. Etliche selbststeuernde Aeromobile zogen hoch oben in der Luft ihre Bahnen, und wer etwas auf sich gab, der lenkte natürlich sein eigenes Luftfahrzeug durch den Himmel. Magnetspurbahnen am Boden lagen neben den Straßen für die Luftkissenbusse. Da scherte es auch nur die wenigsten, dass wir der Natur mittlerweile für einen reibungslosen Wechsel der Jahreszeiten und erträgliches Klima ganz schön unter die Arme greifen mussten.

Unser gottgegebenes Verhältnis zu den Bäumen wurde im einundzwanzigsten Jahrhundert auf eine harte Probe gestellt. Und so sorgten die über der Stadt schwebenden

Luftschiffe mit ihrer Photosynthese-Technologie und den Kohlendioxidfiltern für eine ausreichende Sauerstoffversorgung und dafür, dass keiner erstickte. Endlich vor dem monumentalen Bauwerk angekommen, nickte ich entgeistert in die Kamera, und drückte die imaginäre Türklinke des Seiteneingangs.

Im nächsten Moment befand ich mich im marmorierten Empfangsbereich. Der Typ mit der Brille am Info-Schalter behandelte mich wesentlich souveräner. Er zwinkerte nur einmal kurz und sagte dann freundlich:

„Aaah, Mr. Moijcek! Wenn Sie zur Verwaltungsinformatik auf Ebene 5 wollen, nutzen sie am besten den Fahrstuhl...“

Pfff, aber natürlich wusste er meinen Namen, und wo ich hinwollte. Optimistische Schätzungen gingen davon aus, dass bis zu dreißig Prozent der Moskauer Bevölkerung K.K.K.-Beamte waren, oder zumindest Verbindung zum Geheimdienst hatten. Im Innern des Fahrstuhls fiel mir auf, dass wenigstens der Urinfleck einigermaßen getrocknet war. Ich suchte die Zeichenfolge „Verwaltungsinformatik“ und fand den dazugehörigen Schalter, der auf Ebene 5 verwies. Als die Aufzugtüren sich schlossen, hörte ich schon wieder Tastatureingaben, die ich nur deshalb wieder kausal auf mich bezog, weil ich entweder langsam den Verstand verlor oder dem System tatsächlich bereits als lästiges, technisch defektes Subjekt galt. Auf der Ebene Nummer 4 war eine Außenstelle des Ernährungsministeriums untergebracht. Ein bisschen ärgerte ich mich nun, dass Update zum 1. Januar des Jahres verweigert zu haben. Jedem Weltbürger wurde ein Software-Update für eine optimalere Nutzung des Implantats versprochen. Aber weil hinlänglich bekannt war, dass sie nur alle drei Jahre noch ausgeklügeltere Methoden erprobten, um uns hinter der Schädeldecke auszuspionieren, lehnte ich ab. Auch wenn man mich vor eventuellen Sicherheitslücken warnte. Besonders bei Online-Transaktionen würde Gefahrenpotential bestehen, vor allem, weil die veralteten Antivirenprogramme keinen vollständigen Schutz mehr bieten würden. Vor einigen Jahren gab es in der Region des ehemaligen Großbritanniens angeblich einen Trojaner, welcher flächendeckend epileptische Anfälle auslöste. Ist aber ganz gut vertuscht worden. Die Türen öffneten sich, und ich trat in den mintgrün tapezierten Korridor und machte einige Schritte über den ockerfarbenen Teppich. An den Wänden eingerahmte Aufnahmen der Partei spitze. Der asiatische Typus überwog in den Gesichtern. Als ich auf der Mitte des Flurs angelangt war, kamen die eigentlich gerade abklingenden Kopfschmerzen mit voller Wucht zurück: Ein ziehender, glühend heißer Schmerz wummerte im Hinterkopf. Mit zusammengebissenen Zähnen blieb ich kurzerhand stehen und raufte mir durch die Haare. Die Stirn wurde ganz heiß, als hätte ich Fieber... autsch, aua! Auf einmal verkrampfte sich die rechte Hand, und oberhalb des Handgelenks tat es plötzlich höllisch weh, genau an der Stelle, wo der Chip saß, fühlte es sich so an, als hätte ich mit dieser Stelle der Haut eine heiße Herdplatte berührt. Verdammt! Wie wurde mir? Im peripheren Sichtfeld begann ich, immer mehr Wespen zu halluzinieren... sie wirbelten und surrten durch die Luft, verschwanden jedoch bei näherer Betrachtung, nur um am anderen Rand des Blickfelds wieder aufzutauchen. Mein Kreislauf war völlig durcheinander, die Schwindelattacke brachte mich zum Taumeln, doch dann, mit einem Mal: Von der einen auf die andere Sekunde klang der Schmerz ab! Zitternd und mit einem leichten Tinnitus blieb ich stehen. Langsam löste sich der Wespenschwarm in Luft auf...

...schluckend dachte ich an all die diversen Horrorgeschichten, die ich im Zusammenhang mit Neuroenhancement und solcherart Kurzschlüssen gehört hatte. Oftmals blieben die angerichteten Schäden irreparabel, und den betroffenen Personen sprach man gesellschaftlich jegliche Daseinsberechtigung ab. In Zeiten von Überbevölkerung und Wasserrationierungsmaßnahmen, konnte man keine Personen gebrauchen, die von einen auf den anderen Moment ihr Augenlicht und ihre Muttersprache verloren hatten, und die tragischerweise womöglich für den Rest ihres Lebens auf eine Windel und einen Rollstuhl angewiesen waren. Dank Paragraph 436c war die Liquidierung von Menschen, die durch einen technischen Defekt schwere Behinderungen erleiden mussten, ausdrücklich erlaubt. In den Augen der Ratsmitglieder atmeten sie nur die knappe Luft weg. Man schläferte sie einfach per Knopfdruck ein. Von dem 'Aus-Knopf' mit dem letalen Toxin im Kopf eines jeden Bürgers wussten nur die wenigsten... Dieser Mechanismus, mit der Option ausgestattet, mögliche Unruhestifter erst einmal nur zu betäuben, funktionierte autonom, und auch noch dann, wenn alle anderen Implantate durchgeschmort waren. Vielleicht stellt diese winzige Platine die fundamentalste und ungerechteste Kontrollinstanz innerhalb des Systems dar. Geistesabwesend hielt ich meine noch schmerzende Hand ins Sensorfeld der Tür, und drückte. Das simulierte Geräusch eines klickenden Türschlosses blieb diesmal aus.

Häh?? Wieso tat sich nichts?! Oh nein! Ich versuchte es noch einmal, doch; vergeblich... bitte nicht! Stand ich jetzt vor verschlossenen Toren, oder was? Prinzipiell konnte das ja nur eins bedeuten: Dass der Code „TD-sonstwas" irgendwie etwas mit „Technischer Defekt; und eine Einstufung dessen" bezeichnete, was mir ganz und gar nicht gefiel. Ich schluckte und riss die Augenbrauen hoch, für mich war die derzeitige Situation wirklich aussichtslos, doch wohl leider anscheinend nicht für die Kamera. Das Objektiv über meinem Schädel fand die Aussicht auf meine emotionale Aufgewühltheit wohl überaus spannend, die sich so direkt vor der Linse bot... verhängnisvollerweise zoomte sie interessiert näher heran... aber na klar: Selbstverständlich wusste „Octo-Mind" schon Bescheid. Die planetenumspannende künstliche Intelligenz, deren Charakter einem unermüdlich „Warum? Wieso? Weshalb?" - fragenden Kindes glich, hatte sich in sämtlichen privaten wie öffentlichen Räumen mit ihren datensaugenden Tentakeln angeheftet. Eigentlich rechnete ich jeden Moment damit, ausgeknipst zu werden.

„Hallo?", ertönte es. Ich erschrak. Sofort drehte ich mich um. Aus dem Fahrstuhl kam eine junge Frau auf mich zu. Sie hatte ein Tablett unter dem Arm geklemmt und einen mild lächelnden, sehr zufriedenen Gesichtsausdruck.

„Kann man Ihnen behilflich sein?", erkundigte sie sich in einem freundlichen und sehr zuvorkommenden Tonfall.

Wenn sie doch wüsste, wie ich innerlich grade gern um Hilfe geschrien hätte... doch es war ausweglos, denn nirgendwo gab es einen Anlaufpunkt. Schließlich war es die politische Gesetzeslage, die meine Unversehrtheit gefährdete. Die Polizei würde mich ja nicht beschützen, sondern aus dem Gen-Pool herausselektieren…

„Nun ja…", begann ich zögerlich mit zittriger Stimme, „schwierig zu formulieren grade, wo nun genau der Schuh drückt, momentan!" Sie lachte verwundert.

„Was meinen Sie damit? Wo der Schuh drückt? Diesen Ausdruck kenne ich gar nicht!" Kein Wunder... viele sprichwörtliche Redewendungen waren semantisch am Aussterben. Und bis auf ein paar Freaks, die sich die für den Otto-Normalverbraucher unerschwinglichen wie illegalen 'Instant-Knowledge-Professuren' herunterluden, wusste sie kaum noch jemand zu verwenden. Dabei war es im wahrsten Sinne des Wortes hirnrissig, sich die gesamte germanistische Sprachwissenschaft über Nacht einzuverleiben, nur um am nächsten Morgen womöglich gehörlos und mit schweren Gedächtnislücken aufzuwachen. Schätze, das phonetisch korrekte Zitieren der Merseburger Zaubersprüche nützte einem dann auch nicht mehr viel... skeptisch sah ich sie an und fuhr fort:

„Ähm, ich meine damit eigentlich, dass es nahezu unmöglich ist, meine unbequeme Situation zu erklären!" Ihre braunen Augen musterten mich aufmerksam, sie zwinkerte nochmal, und ein Hauch von Irritation kontrahierte ihre Gesichtsmuskulatur. Plötzlich fiel ihr etwas wie Schuppen von den Augen zu fallen.

„Ah, ach so!", räumte sie erleichtert ein. „Klar, deswegen wohl auch die Werkarbeiterkluft! Sie sind bestimmt ein Außendienstler, was? Moment, ich lösche nur kurz alle Aufnahmen!" Sie rollte ihre Augäpfel zur Seite und schlug die Lider ein paar Mal herunter. „So, schon fertig!", sagte sie mild lächelnd. Auf eine relativierende Weise kicherte sie und stieß mich kumpelhaft mit dem Ellenbogen an.

„Und ich dachte kurz, Sie wären womöglich ein 'TD21'. Hihi!"

„Beim Generalsekretär, nein!", entgegnete ich und lachte trocken „Wir vom Außendienst verwenden gern solche Code-Sätze, Sie wissen ja..."

Unfassbar! Hielt sie mich wirklich für einen verkleideten Ermittler?

„Ja, damit bin ich vertraut!", sagte sie im kollegialen Ton. Ich räusperte mich und sprach:

„Zum Beispiel, eine ältere Formulierung aus wesentlich unemanzipierteren Zeiten hat man uns noch beigebracht... die war... Moment, wie lautete die? 'Frauen und Kinder zuerst'?! Neee, anders... Ladies at the beginning? Nein... ach ja…: LADIES FIRST! Ladies first, ja genau! „Laaadies first, werte Dame!" scherzte ich und machte aus Jux eine Verbeugung und wies mit der noch schmerzenden Hand auf die Tür. Sie musste lachen und gab zu:

„Also diese Floskel kenne ich noch... hach, da wird man ja fast ein bisschen nostalgisch! Na gut, folgen Sie mir!" Sie ging lächelnd an mir vorbei, und hielt ihre Hand ins klickende Sensorfeld. Unglaublich! Es hatte funktioniert!

Ich trat nach ihr durch den Türrahmen, welcher auf ohne korrekt mit der Technik verschmolzene Menschen so abweisend reagierte in das Großraumbüro. Ungefähr ein

Drittel der Angestellten, die an ihren tischgroßen Touchscreens saßen und programmierten, sich mit Tabellen und Rechnungen auseinandersetzten, oder sich mit einem Hologramm oberhalb ihres Handgelenks besprachen, hoben kurz ihren Kopf und zwinkerten wie automatisch. Allein aus Prinzip blinzelte ich auch ein paar Mal in den Raum, was für den Sekundenbruchteil wenigstens ein paar Wenige verunsicherte. Spielt ja hoffentlich keine Rolle, dass ich die Bilder auf der Netzhaut nicht sequenzieren und dauerhaft abspeichern konnte. Dafür hatte mein Implantat einfach nicht die Rechenleistung.

„Also dann!", sagte meine Bekanntschaft von eben und entfernte sich rasch. Das ausgesprochen Gruselige war, dass absolut JEDER hier in der Verwaltungsinformatik auf die gleiche Weise wie sie schaute. Und zwar mit diesem unheimlich penetranten, gutgelaunten Gesichtsausdruck. Alle blickten total seelisch ausgeglichen drein, mit der Welt im Reinen, und offensichtlich sehr froh, hier arbeiten zu dürfen. Einige schlossen sogar von Zeit zu Zeit genüsslich die Augenlider, bis sie ihre Augen aufrissen, und sich breit grinsend wieder voller Begeisterung ihrem Quellcode zuwandten. Puh... und an wen soll ich mich jetzt hier wenden? Es behagte mir überhaupt nicht, wie übertrieben gehirngewaschen alle hier glotzten! Mit den Händen in den Taschen schlenderte ich zwischen den Tischen hin und her, und hielt nach einer Person Ausschau, die mir vielleicht Informationen vermitteln könnte, was ich denn wo bei wem machen musste, um aus dem Betriebssystem von „Treninotschkis-Inc." ausgeloggt zu werden... der Blick fiel auf einen Kerl, dessen Lächeln irgendwie gekünstelt aussah. Seine Mimik wirkte aufgesetzt, man konnte ihm sein Wohlbefinden nicht so richtig abkaufen. Irgendetwas beunruhigte ihn. Augenbrauen lügten nicht... plötzlich durchzog ein Zucken sein Gesicht, und synchron mit allen anderen im Raum nickte er zweimal mit dem Kopf. Hinter mir war die Schiebetür aufgegangen, und summend kam jemand auf hochhackigen Schuhen näher gestöckelt. Von einem auf den anderen Moment saßen alle stocksteif da. Neben mir war ein Mann aufgestanden, hatte ein kompliziertes Diagramm als plastisches Holo-Bild auf seiner Smartwatch aufgerufen, und schlenderte, auch völlig stocksteif und mit diesem dämlichen Lächeln auf den Lippen zu ihr und rief:

„Mrs. Dellaware! Wir haben die Prognosen, die Sie haben wollten! Und die Gewinne übertreffen unsere Vorstellung bei weitem!" Ich riskierte einen kurzen Blick, die Frau, die den Raum betreten hatte, sagte gelangweilt und desinteressiert:

„Sehr gut..." Sie hielt ihm den Daumen hin, worauf er freudestrahlend und anscheinend vom Erfolgsgefühl überwältigt auf seinen Platz zurückging. Als sie sich in der Abteilung umsah, mischte sich ganz kurz Unsicherheit und ein dezentes kleines Stirnrunzeln in die Blicke einiger weniger. Wahrscheinlich hatte sie hier das Sagen. Und obwohl die sogenannte Mrs. Dellaware nicht älter als dreißig sein konnte, wettete ich darauf, dass sie viel älter war. Viele höhere Führungskräfte in der Verwaltung waren oft gut betuchte Parteisympathisanten, welche sich auch die alleraufwendigsten epigenetischen Kuren leisten konnten, mit denen man den Alterungsprozess nahezu aufhalten konnte. Aber der Gang verriet diesen Menschen, sie ging vornübergebeugt wie eine alte Dame... ihr Blick strotzte vor Verbitterung, und die Schultern und trotzigen Mundwinkel offenbarten, dass sie wohl resigniert zur Überzeugung gelangt war, ihr Leben schon gelebt zu haben. Mit einem Mal blieb sie stehen, und warf einen böswilligen Blick in die Runde. Auf ihr Händeklatschen wurde es mucksmäuschenstill. Alle, wirklich jeder sah jetzt vollkonzentriert, bedingungslos gehorsam und aufnahmebereit zu ihr herüber. In einem gehässigen, gemeinen Tonfall rief sie in die Menge:

*„Was zur Hölle soll das? Wieso spielt hier denn keine Musik?! Ihr solltet doch wissen; DA WO ICH BIN, SPIELT DIE MUSIK!!! Aber das macht ja nichts... dann mach ich mir eben meine eigene!"* Mit wippenden Hüften begann sie die Melodie von „Strangers in the Night" zu trällern und sah einem Mitarbeiter dabei kalt und herrisch in die Augen:

**„Ladidididaaa – Ladadadadi – Ladidedididaaa ...
Ladidididaaa – Ladadadadi - Ladidedididaaa..."**

Wie aus der Pistole geschossen stand jener auf, um dann wie fremdgelenkt im siebten Takt miteinzustimmen:

**„LADIDIDIDAAA – LADADADADI –
LADIDEDIDIDAAA LADIDIDIDIDAAA –
LADIDEDIDIDAAA!"**

Immer mehr Leute sprangen bereitwillig auf, als würden ihre herumwirbelnden Hände die Menge dirigieren:

**„DAPDADADAPDAAA – DAPDADADADI –
DAPDIDADADANANA DAPDADADAPDA –
JUCHANANENA DAPHUCHNANENANAAA"**

Es sah verkrampft und zwanghaft aus. Einigen Visagen sah man eine gewisse Verzweiflung an, als sie mit einem Mal im Chor zu singen anfingen. Mrs. Dellaware sah kurz aufgebracht in meine Richtung, ganz so, als ob ihr irgendetwas nicht gefiel, also begann ich ebenfalls den Untergebenen zu mimen, und mischte meine Stimme unter das:

### „JADEDENENEJAJAAA – DENEEJAPDAPDADAAA – DAPHUDAHUH HUDAHUNAJEEENAAAAA!"

Sie klatschte noch mal in die Hände, und die Leute schüttelten synchron den Kopf. Hinter manchem Lächeln ließ sich jetzt Erschöpfung erkennen. Einige sahen nach der Prozedur sogar echt durcheinander aus.

„Nun aber zurück an die Arbeit! Ihr werdet schließlich nicht für Gesangsstunden bezahlt!", keifte Mrs. Dellaware und stöckelte entzürnt in Richtung ihres Chefbüros. Was für ein kranker Mist war hier denn am Laufen?! Wie konnte man sich denn rausnehmen, andere Mitmenschen derartig wie Spielzeugfiguren zu behandeln? Und warum lassen diese Leute bereitwillig somit sich umgehen? Ich wollte nur noch so schnell wie möglich hier raus. Eiligen Schrittes trat ich auf den Mann zu, dessen Lächeln so unecht wirkte, und der bei der Orchesternummer sogar einmal mit dem Ausdruck purer Angst auf den Boden starrte, als irgendetwas sich in seinen Verstand einklinkte, und er mit der anderen Note für Note intonierte. Er stand etwas abseits bei der Kaffeemaschine, und schenkte sich eine Tasse ein. Echten, aromatischen Kaffee aus gemahlenen Bohnen, nicht diese I.Narco-Dateien, die einfache Arbeiterbienchen wie ich mittlerweile gewohnt waren.

„Entschuldigen Sie...", fragte ich ihn, auf die Schulter klopfend. Er drehte sich um und antwortete mit glasigem Blick:

„Jaaaaa... wie kann ich Ihnen helfen?" Ich beschloss, einfach mit der Sprache herauszurücken:

„Mein Arbeitsverhältnis bei „Treninotschkis-Inc." ist... äh, nun ja, für beendet erklärt worden. Bei wem genau muss ich mich melden, um mich aus dem System nehmen zu
lassen?"

Hinter seiner Fassade regte sich eine kaum merkliche Irritation, so, als ob ich ihm grade hätte eröffnen wollen, dass der Donnerstag dem Freitag folgt.

„Das ist leider nicht mein Zuständigkeitsbereich... außerdem: Ist denn Ihr aktuelles Ziel gar nicht markiert?", warf er sichtlich erstaunt ein. Zielmarkierung? Sind seine zu erledigenden Aufgaben wirklich im Sichtfeld markiert, wie in einem Computerspiel?

„Leider nicht.", antwortete ich, „Bin wohl nicht ganz 'UPTODATE'..."

„Ach das ist kein Problem... bei technischen Verbesserungen wenden Sie sich doch an unsere geschätzte Mrs. Dellaware!" Mit einem gemischten Ausdruck aus Liebe und Ehrfurcht sah er zu ihr herüber, sie saß in ihrem verglasten Büro, und schien mit den Fingern durch die Sender auf einem Bildschirm zu schalten.

„Das finde ich ja aber auch sehr bemerkenswert!", räumte ich skeptisch ein, „Eure Chefin scheint hier wirklich die Hosen anzuhaben! Wie hoch muss denn euer Gehalt sein, damit ihr derartig nach ihrer Pfeife tanzt?" Hinter seinem aufgesetzten Lächeln wuchs die Verwunderung weiter an, und er widersprach:

„Häh, wie meinen Sie das? Die... die Mrs. Dellaware trägt doch einen Rock! Außerdem, was soll das heißen? „Nach der Pfeife tanzen"...? Wir sind doch auf eine eindeutige Semantik reprogrammiert worden!" So langsam ging mir ein Licht auf, wie der Hase hier lief.

„Ich kann auch ihre Daten gar nicht auslesen!", sagte er empört und schnipste ein paar Mal mit den Fingern vor meiner Schläfe herum.

„Tja ...", raunte ich, „...sieht wohl ganz danach aus, als hätte ich nicht gerade die allerneueste Technik implantiert. Dafür kann ich mich noch frei bewegen, sagen, was ich denke, und denken, was ich fühle... sicherlich, Octo-Mind weiß natürlich bestens Bescheid, aber das kann man eben nicht mehr rückgängig machen. Was hier allerdings vonstattengeht, ist unbeschreiblich!" Mein Blick streifte mitleidig durch die Masse an mild lächelnden, um den freien Willen betrogenen Individuen. Einen Schritt näherkommend, fragte er ungläubig:

„Ja, aber das ist doch im Grunde technisch unmöglich. Das würde ja heißen... also... ne, dann haben Sie *es* noch gar nicht?" In seinem Kopf ratterte es ganz schön, für ihn war meine Aussage wohl völlig unlogisch und unglaubwürdig, es zerbrach ihm wirklich den Kopf. Er lächelte nun überhaupt nicht mehr. Mit gesenktem Kopf flüsterte er: „Aber das kann eigentlich nicht sein! An der Software führt kein Weg vorbei!" Verwirrt sah er sich um, und kam einen Schritt näher ran und tuschelte ängstlich:

„Wie konnte es ihnen gelingen, der Reprogrammierung zu entgehen?" Auf einmal überkam mich die nackte Angst, als ich begriff, auf welch gefährliches Territorium ich mich begeben hatte.

„Welche Reprogrammierung denn? Sind seit dem 1. Januar irgendwelche Paragrafen dazugekommen?" Kurz sah ich zu seiner Chefin im Büro, die längst Wind von unserer Unterhaltung bekommen hatte.

„Das wäre ja unglaublich, das hieße ja, es gibt doch noch Mittel und Wege dagegen;" mitten im Satz hörte er mit einem zusammenkrampfenden Oberkörper auf, sein Gesicht schnitt eine wilde Grimasse, und dann nickte er mit einem breiten Grinsen. Plötzlich sah er mich mit einem total verdatterten und befremdlichen Ausdruck an, fast, als sei er in einer Art Trancezustand. Er blinzelte mehrmals hintereinander, und stotterte dann merkwürdigerweise drauflos:

*„Aahaaa! Siie hahahaaben jaaa dahada... dadahas UPDATE nohoch gargagarnihicht gemahaacht!!!"*

Irgendwer, irgendwas hatte sich seines Verstandes bemächtigt, externe Kräfte hatten sich in sein Bewusstsein eingeklinkt, seine Menschlichkeit und Individualität zerstört. Irgendein automatisiertes Programm musste seine Schaltkreise als Wirt benutzen.

Besorgt fragte ich:

„Was zum ...? Ist bei ihnen alles in Ordnung?" Er zitterte am ganzen Leib und fortwährend zuckte es durch seine grinsende Gesichtsmuskulatur.

„Oh... neiein ... keine Sososoosorge! Absohoabsolut keieinnnn Grurund zurrr Beunruhiunruhigung!", faselte er steif wie eine Marionette, und legte mir dann seine Hand auf die Schulter. „Ssiehie werweeerden eees schohohon bahaaaa bald versssstehennn... uhuund ees, eeehes ihist vollvollllkk vohollkommmkommen kostenlohos!"

Der Satz, dass es kostenlos wäre, war bisher die dreisteste aller Lügen. Es war glasklar, dass man mit nicht mehr und nicht weniger als mit seiner Seele bezahlte. Ich hatte das Gefühl, ganz weit hinten hinter seinen geweiteten Pupillen eine winzige, kleine Restmenge seiner Persönlichkeit auszumachen. Ein schwaches Aufblitzen, das mir nur eine einzige dringende Botschaft zu übermitteln wollen schien. Und zwar:

„LAUF! Los, lauf, nimm die Beine in die Hand und renn, so schnell du kannst!" Ich fragte geschockt:

„Ja, aber was ist, wenn ich dieses Update gar nicht machen will?" Mit einer unmittelbaren Gewissheit des Ausgeliefertseins machte ich ein paar Schritte rückwärts. Doch die Marionette trat noch näher an mich heran, und tadelte mit erhobenem Zeigefinger:

„Neinnn... mihimi mit derrrr Eeheentlalassung hahahaattt sihichauhuchüi ihrrrihr Versisiiisiichertenssstaaatuhus ggg... geändgeändert."

Völlig verstört sah ich rüber zu Mrs. Dellaware, die mir mit einem süffisanten und auch gemeingefährlichen Blick freudig zuwinkte, bevor sie ganz langsam und theatralisch ihre Hand herabsenkte, und den schicksalhaftesten aller Knöpfe drückte. Sie sah mir dabei fortwährend mit diesem kritischen Blick der Verachtung und Überlegenheit in die Augen. Mit sofortiger Wirkung verschwamm mein Sichtfeld, urplötzlich fühlte ich mich sehr benommen, absolut benebelt sogar, die Arme und Beine wurden schlaff... Ich kam ins Taumeln, drohte hinzufallen, und klammerte mich mit allerletzten Kräften an den Anzug des besessenen Angestellten.

„Hilfe! Bitte helfen Sie mir! So helfen Sie mir doch!", flehte ich ihn an, als ich, schon völlig narkotisiert, auf meine Knie sank... Zeit, mich geschlagen zu geben... die Klauen des Systems hatten mich fest im Griff, den Tentakeln konnte nichts entgehen. Es war unvorstellbar schwierig geworden, die Augenlider offen zu halten. Mein Kopf schlug auf dem Parkettboden auf. Alles um mich herum hatte sich in Bedeutungslosigkeit aufgelöst, und auch mein Inneres wurde von einem sich schlagartig ausbreitendem Vakuum abgelöst! Hilfe! Was geschah mit mir? Schon eine Sekunde später war nur noch ein klitzekleines Fitzelchen Bewusstsein übrig, das die Situation nicht mal mehr ansatzweise verarbeiten konnte. Auf einen winzigen Punkt geschrumpft, verschwand ich in der dunklen Leere. Ich diffundierte durch die stille Finsternis, bis nichts mehr von mir übrig war.

Aus...

Aus und vorbei?

Schweißnass wachte ich auf dem Operationstisch auf. Die gesamte Muskulatur war gelähmt, unter meinem Kittel spürte ich das kühle Metall der Tischplatte. Bin ich doch nicht gestorben? War ich nicht gerade eben tot? Durch einen schmalen Schlitz zwischen den Augenlidern sah ich in gleißendes Licht. Es stammte nicht von einem nahenden Himmelstor, es waren viel mehr extrem blendende LED-Scheinwerfer, die meine verwirrte Visage beleuchteten. Ganz langsam rollte ich die Augäpfel nach rechts, und nahm verschwommen die Umrisse eines Mannes wahr, der an meinem Fußende stand. Nach einigem Blinzeln waren die Linsen schärfer eingestellt, und nach und nach zeichneten sich die Konturen eines großen blonden Mannes ab, der mich, ganz in weiß gekleidet und die Hände lässig in den Taschen seines Ärztekittels vergraben, beobachtete. Als ich begriff, dass ich außerstande war, zu kommunizieren, und bis auf die Augäpfel wirklich gar nichts bewegen konnte, stieg abermals große Panik in mir auf. Über meinem Körper waren Elektroden verteilt, und auf meinem Schädel saß eine MRT-Haube. Zur Linken stand ein komplizierter chirurgischer Roboter, der mit seinen vielen Armen auch minimalinvasive Eingriffe neurochirurgischer Art durchführen konnte. Die Jalousien waren heruntergelassen. Langsam, sehr zögerlich kehrte der Verstand zurück.

„Na bitte! Da bist du ja, Freundchen! Bravo!", schallte es merkwürdig blechern und hallend durch den Raum. Uff... was? Ich versuchte, den Blick auf ihn zu fixieren, es war immer noch ungeheuer schwer, die Augen offen zu halten. „Sie hatten großes Glück!", spottete der behandelnde... Arzt? Nun erkannte ich Einzelheiten, aus einem langen, teutonischen Schädel starrten mir blaue, durchdringende und zweifellos verurteilende Augen entgegen.

„Nein, wirklich! Sie haben sich da ja einen ganz schönen Virus eingefangen! Ihr Neural-Prozessor wurde übertaktet, und ihr Identifikationschip ist komplett durchgeschmort." Wie geschah mir? Wo war ich eigentlich? Konnte der Herr Doktor mir vielleicht erklären, was passiert war? Nichts dergleichen... er schritt einige Sekunden auf und ab, und sah auf dem Monitor, dass sich meine vitalen Parameter zunehmend stabilisierten. Er trat an die Seite des Operationstisches heran und beugte sich über meinen verdrahteten Kopf.

„Aber wir konnten Sie glücklicherweise wiederherstellen! Pjiotr Iwan Moijcek, richtig? Oder sollte ich vielmehr sagen: Artjom Seyffczenkow? Der für das Anzetteln der derzeitigen Proteste gegen die chinesischen Wasserrationierungsmaßnahmen gesuchte Terrorist? Nach dem man auf der gesamten Nordhalbkugel fahndet?" Mein Puls schoss in die Höhe, und die Lähmung wurde unerträglich. Plötzlich kicherte er verhohlen hinter der Hand, dann prustete er:

„Kleiner Scherz am Rande! Ich muss allerdings zugeben, dass das hier auf eine sehr raffinierte Weise geschehen ist. Sie wurden Opfer eines im Grunde ziemlich billigen Identitätsdiebstahls. Trotzdem ein sehr ausgeklügeltes Programm, zweifellos von sehr durchtriebenen Köpfen geschrieben!" Häh? Identitätsdiebstahl? Wie? Terroristen haben meine Personalien abgegriffen? Es sollte in dieser Welt wirklich noch ernsthafte Proteste geben? Der Schwall an informativen Antworten auf die Fragen, die ich mir seit Stunden stellte, überflutete meinen zermarterten Geist. Vom Scheinwerferlicht geblendet, blinzelte ich übertrieben oft und versuchte mit aller Kraft, mich irgendwie zu bewegen. Es nütze nichts. Der Arzt räusperte sich und sprach mit besänftigendem Tonfall:

„Ja... ihre derzeitige Lage ist bestimmt unangenehm! Ich habe es mir rausgenommen, ihre Motorik zu lähmen. Während der Reprogrammierung haben einige Bürger manchmal so starke Spasmen und Muskelkrämpfe, dass sie sich beispielsweise ihre herumwirbelnde Hand brechen. Kein Wunder bei derlei Eingriffen im sympathischen System... aber wenn Sie mich fragen, ist es das wert!"

Gedankenverloren drehte er meinen Kopf zur Seite, und betastete die Operationsnarbe. Bis gerade eben hatte ich große Angst verspürt. Nun brodelte in mir die Wut. Diesem Handlanger so schamlos ausgeliefert zu sein, brachte mich zum Kochen. Der Typ, der wohl ein Experte in Neurobiologie und Informatik war, sah kurz herüber auf den Bildschirm und registrierte die Zunahme von Stresshormonen in der Blutbahn, und den beschleunigten Puls. Er höhnte:

„Och, kein Grund zur Aufregung! Niemand will ihnen etwas Böses... manche Sachen funktionieren eben nur besser, wenn alle mitspielen!" Voller Grauen dachte ich an die Schicksale in der Verwaltungsinformatik, deren Verstand wohl längst überhaupt nicht mehr dem eigenen Verantwortungsbereich unterlag.

„Überlegen Sie doch mal!", rief er begeistert, „In einigen Jahren wird jeder Erdenbürger über so eine Technologie verfügen! Über dreißig Milliarden Menschen, die ein und derselben Meinung sind! Jeglicher religiöse Unsinn, sämtliche Unmoral, alles Verbrecherische und Niederträchtige für immer aus dem kollektiven Bewusstsein getilgt! Stellen Sie sich das doch mal vor: Sechzig Milliarden Hände, die gemeinsam das tun, was getan werden muss! Eine Art operativer Supercomputer, dessen Rechenleistung und Macht alles bis dato Bekannte bei weitem übersteigt!" Verflucht! Nun hatte man mich endgültig am Wickel. So langsam wurde mir aufs Unbehaglichste bewusst, dass dies hier vielleicht die letzten paar Minuten mit einem freien Willen waren, und obwohl ich verzweifelt versuchte, meinen Unmut zu artikulieren, kam bis auf ein paar stammelige Laute nichts dabei herum. Am ehesten hätte ich jetzt gerne gebrüllt wie am Spieß, doch alles, was ich herausbekam, war nur:

„Mmmmmpf, Mmmmmpf!!!" Der Mann, dessen Händen ich so schutzlos ausgeliefert war, schritt nun wieder herüber zu den Monitoren.

„Alles klar soweit!" Er klatschte in die Hände, sah nochmal auf die Fallkurven und grinste dann schadenfroh. „Ich habe ja schon eine Menge gesehen, aber das hier..." Er musste laut loslachen. „... aber das hier sprengt den Rahmen des Unmöglichen! *Zugegeben, auch ich sonne mich ab und zu im digitalen Sonnenschein etwaiger neurostimulativer Produkte.* Aber dass es gleich das Billigste vom Billigsten sein muss? Ich meine, wie hieß der Quatsch? Im Quellcode steht irgendwas von wegen... „Straight-Harmony"? Dieser Kram, ohne Forschungen am Menschen auf den Markt geschmissen, wer weiß schon, wer das im Fieberwahn herunter getippt hat?"

„Mmm... mmmmpf!"

In einer der letzten Introspektionen, die mir möglich war, reflektierte ich den so miserablen Nachmittag, versuchte zu begreifen, wie mein Hintern von dem gelgepolsterten Drehstuhl hier auf den Operationstisch gelangte. Wie ich meine Identität als unbeschriebenes Blatt nur gegen einen hanebüchenen Gelegenheitsrausch eintauschen konnte...

„Na ja, das haben Sie nun davon!", tadelte er, nun vor dem chirurgischen Roboter stehend. „Den biologischen Aufzeichnungen ihres Interfaces sind leider nicht mehr viele Daten zu entnehmen. Massive Ausschüttung von Endorphinen, bei gleichzeitig völlig konträrer Erhöhung der sympathischen Aktivität.... dann: Kreislaufzusammenbruch, Erbrechen, Entleerung der Blase, gefolgt von einer sehr tiefen Bewusstlosigkeit. Scheinbar hatten Sie während ihres kleinen Nickerchens sogar so etwas wie einen Traum. Inhaltlich sah es so aus: Sie träumten davon, dass Sie sich im pränatalen Zustand im Bauch ihrer Mutter befänden, während sie einen Ausdauer-Marathonlauf absolvierte... kurzum: Es war für ihre Neuronen der allerreinste Spießrutenlauf. Mit dem unglimpflichen Ausgang, dass Sie nun angeblich ein weltweit gesuchter Terrorist sind, während besagter Terrorist, mit ihren Personalien auf einem ganz anderen Breitengrad sonst was für Dinge anstellt. Angeblich haben Sie 11 Milliarden DIGI-Unions Schulden."

Auf einmal ergab alles Sinn. Die Erkenntnis, Opfer übler Machenschaften geworden zu sein, relativierte meine Selbstzweifel. Überhaupt fühlte ich mich ein ganzes Stück sicherer, im Gedanken, nicht auf der falschen Seite zu stehen. Allerdings dämpfte sein arroganter Gesichtsausdruck die Erleichterung. Vorwurfsvoll durchbohrte mich sein Blick, er gab mir das Gefühl, vollkommen selbst schuld daran zu sein. Er kam nun näher, in der Hand einen Gegenstand haltend, der an eine Heißklebepistole erinnerte! Zögerlich nahm er meinen linken Arm.

„Hmmm...", seufzte er, „...leider hat der Kurzschluss unter dem Handgelenk des rechten Armes neuromuskuläre Endplatten beschädigt. Aus pragmatischen wie kostensparenden Gründen werden wir beide jetzt improvisieren müssen! Aber keine Sorge, in wenigen Momenten sind sie Linkshänder, das ist kein Problem. Es wird sich sogar so anfühlen, als seien Sie das schon ihr ganzes Leben lang gewesen!"

Völlig wehrlos gegen die Behandlung ließ ich alles geschehen... es konnte doch einfach nicht wahr sein, die schlimmsten Zukunftsvisionen waren zur erdrückenden Gegenwart geworden...

„Piekst mal ganz kurz!", verlautete er mit hochgezogenen Augenbrauen. Mit einem klickenden Geräusch, das sich eher wie ein Locher oder Tacker anhörte als wie ein medizinisches Instrument, hatte er mir eine etwa heftzweckengroße Platine ins Fleisch gestanzt. Ich schlug vor Schmerz die Augenlider nieder, und stammelte ein gedämpftes:

„Mmmmpf!" in den Raum. Vereinzelte Tränen liefen über meine Wange, und die Hand begann minimal zu zittern. Er verkündete routiniert:

„Ist gleich vorbei, versprochen!" Dieser Mann versprühte die Ausstrahlung eines erbarmungslosen Forschers. Bereit, alles zu tun. Und dann auch noch innerhalb eines ethischen Umfelds operierend, das auf menschenverachtenden Maßstäben basierte, und sämtliche totalitäre Projekte gestattete. Verbittert dachte ich an meine liquidierte Mutter, und gestand mir trotzig ein, dass ihr wenigstens diese Stufe der Entartung erspart blieb. All die Jahre war mein Geist ausgefüllt von dieser riesengroßen Angst, gepaart mit der schrecklichen Lähmung, nichts dagegen ausrichten zu können. Abgeschreckt von der ungeheuerlichen, alles verschlingenden und in Ketten legenden Maschinerie, in welcher die kleinste unbedeutende Äußerung als regimekritischer Delikt ausgelegt werden konnte... und trotz allen Mücken vor den Fenstern, trotz der blinzelnden Masse an Geheimagenten und der Satellitenüberwachung, der bis ins kleinste Detail gesammelten persönlichen Daten, den letzten Schritt, die vollkommene Besitzergreifung des menschlichen Individuums durch eine simple technische Applikation hatte man lange Zeit nicht gewagt. Erst, als die Grenzen der Nationen sich schon jahrzehntelang aufgelöst hatten, war es möglich geworden, allen Bewohnern des Planeten ein und dasselbe Programm einzutrichten. Die „Revolutionäre" schufen ein globales Perpetuum Mobile, welches, einmal angeworfen, dauerhafte Autorität garantierte. Das war ja das Furchtbare – es war einfach nicht mehr rückgängig zu machen. Und trotzdem gab es bis jetzt eigentlich diesen restlichen, klitzekleinen Spielraum hinter der Stirn, den einem niemand wegnehmen konnte. So niederschmetternd es auch ist, damit ist es nun auch geschehen. Sie ersetzten das elementare Grundrecht der Individualität des Geistes durch die kollektive und fundamentale Pflicht, an der Überwachung seiner selbst sowie seines Umfeldes und der Mitmenschen partizipieren zu müssen. Und tief im

Innern eines jeden Menschen grauste es einem vor dem Zeitpunkt innerhalb der exponentiellen Funktion, an dem die technischen Möglichkeiten die vollständige und irreversible Kontrolle über das menschliche Bewusstsein garantieren würden. Nun war es soweit. Ich hatte es doch vorhin gesehen, ein letztes Mal mit eigenen Augen, mit meiner persönlichen, selbstreflektierten Urteilskraft und gestützt von subjektiver, autonomer Wahrnehmung des Geschehens... jetzt war es zu spät. Motorik, Sprache und Emotionen des Einzelnen waren steuerbar geworden! Anscheinend merkte er mir meine innere Aufgewühltheit an, denn er sprach bestimmt:

„Mr. Moijcek! Sehen Sie es so: Ihre gesamten Probleme, Zwänge, Verhaltensstörungen, Komplexe und Sorgen werden sich in wenigen Augenblicken in Luft auflösen: Anstatt ihres kümmerlichen Eintagsfliegenverstandes, strotzend vor blödsinnigem Opportunismus, sowie Ihres ziellosen Zweifelns ausgesetzten Gewissens über die eigene Verantwortung und Rolle innerhalb dieser Welt; anstatt dessen geben wir Ihnen die bedingungslos zu akzeptierende Möglichkeit, ein integraler Bestandteil der Gesellschaft von morgen zu sein!"

Mit in sterilen Gummihandschuhen gekleideten Händen begann er, verschiedene Knöpfe des „Leonardo-4000"-Chirurgierobotersystems zu betätigen. Eine aus dem Augenwinkel erkennbare Benutzeroberfläche erschien auf dem Hauptbildschirm. Der Doktor machte auch hier undurchschaubare Eingaben, und registrierte zufrieden, dass eine Art Friseurhelm, der auf einer Seite offen war, von einem der Arme langsam über meinem Kopf heruntersank, mit der gleichen Dreh- und Abwärtsbewegung, die die Nadel eines Plattenspielers vollzog.

„Gleich haben Sie es geschafft!", jubelte er siegesgewiss. „Bereit? Also dann... beginne mit der Reprogrammierung in drei... zwei... EINS: ...!

*Es fühlte sich an, als würde der Raum explodieren. Es gab einen lauten Knall und einen blendenden Lichtblitz. Alles um mich herum verschwand simultan, es drückte mich unfassbar stark zusammen, sodass mir die Luft wegblieb. Sengende Hitze im ganzen Körper, unwillkürliche Krämpfe, jeder Muskel im Körper zog sich zusammen, als die reinste Himmelfahrt begann: Zahllose Erinnerungen überschwemmten mich in Form von Klängen und Bildern immer weiter, um schließlich in gefühlter Lichtgeschwindigkeit an mir vorbeizusausen. Es war ungeheuer schwierig zu beschreiben, doch ich war völlig neben der Spur. Tatsächlich fühlte es sich zwar so an, als würde ich auf dem Tisch liegen, doch auf eine absolut unlogische Weise war es gleichzeitig so, als würde mein Körper nochmal einen halben Meter weiter links vorhanden sein. Parallel wandelte sich die verschobene Gemütslage in ein tosendes Meer an auf der Hand liegenden Erkenntnissen und vor mir liegenden Möglichkeiten. Pure Freude durchtränkte jede Zelle meines Leibes, eine unvorstellbare Gedankenflut überschwemmte mich, eine Idee jagte die nächste, auf einmal fühlte ich mich emporgehoben, auserwählt, blickte in das gespiegelte Antlitz Gottes und erkannte alles, was war, ist und sein wird, als die mir die Augen öffnenden Gedanken mich überwältigten:*

Meine Adern pulsieren zum spektralen Ton der Befreiung! In mir die Kraft des Auflösens! Ich repräsentiere jetzt die transformierende Kraft der Zerstörung! Gemeinsam tragen wir das Schwert, das alle Begrenzungen zerschneidet! Es lebe die Entpuppung des Kerns! Der Brecher aller Schilde! Alle Fassaden sind nun zerstört! Meine Handlungen sind getragen vom elektrischen Ton des Dienens! Ich wirke zusammen mit der resonanten Kraft des Gleichklangs! Aus der magnetischen Energie der Bestimmung trage ich bereits die Verwirklichung des universalen Plans in all seine Spektren! Ich eröffne die Rückkehr zur Quelle! Von nun an bin als planetare Sonde bewusst in Resonanz zum politischen Plan!

**SO SEI ES!**

So sei es!.................So sei es!......................SO SEI ES!

Ganz langsam öffnete ich die Augen...mir war zwar ganz schön schwindelig, trotzdem hatte ich mich in meinem ganzen Leben noch nicht so glücklich gefühlt. Das gleißende Licht, und der Raum kamen mir zwar noch sehr bekannt vor, aber irgendwie ließen sich der Vorgang und die Gründe nicht mehr rekonstruieren. Wie spät war es? Moment mal, sollte ich nicht normalerweise zu dieser Tageszeit eigentlich auf Arbeit sein? Der Mann am Fußende kam mir auch bekannt vor... angenehmerweise gehorchte der Bewegungsapparat wieder meinem Willen, doch irgendetwas war komisch, wie falsch herum. Dazu kam eine fast sekundenlange Verzögerung. Als ich mit der linken Hand den Patientenkittel ein wenig zurecht zupfte, fiel mir diese große Lücke innerhalb der Koordination auf. Körperlich war alles noch dran... aber die Gliedmaßen fühlten sich ungewohnt und fremd an. Obwohl ich meinen Leib als nicht dazugehörig empfand, war ich auf einmal völlig überzeugt von mir und meinen Kompetenzen. Was eigentlich auch ein Ding der Unmöglichkeit darstellte. Häh?! Es war so, als hätte man mir den Stöpsel des Abflusses gezogen, sodass mein gesamtes Ego einfach durch ein Loch im Schädel ausgelaufen wäre. Trotzdem fühlte es sich im Hinterkopf gleichzeitig so an, als ob man irgendwas, irgendein Ding in mich hineingetan hätte.

„Das geht vorüber!", sagte jemand. Dieser blonde Jemand stand mir mit einem Tablett in der Hand gegenüber und musterte mich aufmerksam. Auf dem Bildschirm des 'Leonardo'-Systems war ein blinkendes Fenster aufgetaucht. Auch sein Tablett schien irgendetwas anzuzeigen. Jedenfalls runzelte er nach einem Blick darauf die Stirn, vielleicht war ja etwas nicht ganz so, wie er es haben wollte. Spielte ja auch keine Rolle. Mir ging es auf jeden Fall prächtig! Auch wenn ich mir diese gewaltige innere Leere nicht erklären konnte...

„Und, wie fühlen Sie sich? Hat doch gar nicht so lang gedauert, oder?", fragte er rechthaberisch.

„Neee.", erwiderte ich. Was ist denn eigentlich hier los? Was mache ich hier? Wieso bin ich nicht in der Produktionskontrollabteilung? Trotz der so konfusen Ausgangslage fühlte ich mich hier gerade sehr gut aufgehoben.

„Sie hatten einen technischen Defekt!", sagte er streng. „Können Sie sich daran erinnern?"

„Ach ja!", brabbelte ich grinsend. Stimmt. Irgendetwas war da gewesen. Da war ja heute... *dieses Problem!*

„Hmmm, wissen Sie, warum Sie hier sind?" Oh, sehr knifflige Frage! Kurz und knapp entgegnete ich:

„Tjoa...?"

Es lief offenbar Sabber aus meinem Mund. Der Arzt räusperte sich und fragte mich:

„Na gut, fangen wir ganz von vorne an. Wie lautet denn Ihr Name?"

Uff! Es erforderte einige Anstrengung, sich auf sich selbst zu besinnen.

„P... p... p... .Pijotr!"

„Pijotr, exakt, und weiter?" Unglaublich... mein vollständiger bürgerlicher Name wollte mir nicht mehr einfallen.

„Keine Ahnung", nuschelte ich. Nach neuerlichem Betrachten des Bildschirms sah er mich ein wenig besorgt an und hakte weiter nach:

„Also kommen Sie! Ihnen wird doch wohl noch Ihr Nachname einfallen. Also noch mal: Wie heißen Sie vollständig?" Ich hatte den Faden verloren. Ja, ich begriff überhaupt nicht mehr, was der Typ da von mir wollte. Fassungslos erkundigte er sich: „Aber Sie sind doch Pijotr Iwan Moijcek, oder?"

„Japp, jaha, genau!", faselte ich. Irgendetwas klingelte da bei mir, schemenhaft setzte sich etwas zusammen. Ich tappte trotzdem weiterhin im Dunkeln. Rührei im Kopf. Jeglicher Bezugspunkt zur Vergangenheit verschwomm zunehmend. Meine Gedanken glichen einem umgeworfenen Mülleimer, nichts passte mehr zusammen:

*Eigentlich war ich doch grade... ne Moment mal! Häh, aber das war doch vorher nicht so? Aber... warte... warte... ne, immer noch nicht! Warum bin ich denn jetzt so? Vorhin war doch noch anders. Wie soll denn das zusammenpassen? Und wieso bin ich dabei so zufrieden? Was habe ich denn vollbracht, dass ich mich so erfolgreich und wertgeschätzt fühle?*

Mild lächelnd und mit vor Erstaunen weit geöffnetem Mund begaffte ich meine linke Hand. In ihr war viel mehr Gespür als in ihrem Gegenstück.

„Unglaublich, oder?", rief der Arzt stolz. Er holte etwas

aus der Tasche seines Kittels, eine Frucht. Obwohl mir das Objekt seit frühester Kindheit geläufig war, konnte ich es irgendwie nicht sprachlich bezeichnen, obwohl es mir auf der Zunge lag. Intuitiv fing ich den Apfel mit der linken Hand, als er ihn mir zuwarf. Während die rote Frucht in meiner Hand lag, und die dazugehörige peinliche Wortfindungsstörung auf der Zunge, blitze ganz kurz ein verzerrtes Bild durch meinen Kopf. Es musste kurze Zeit vor dem knallenden Lichtblitz stattgefunden haben, vor dem schicksalhaften Moment, als man beschloss, mich ungefragt, um jeden Preis, ohne Rücksicht auf Verluste zu „reprogrammieren". Es war mehr eine dunkle Ahnung als eine handfeste Erinnerung daran, was passiert war. Alles, was sich vergegenwärtigen ließ, war, dass ich niedergestreckt da lag, voller Angst, und mit einer unheimlichen Wut im Bauch. Der Kittel tragende Mann fragte beunruhigt:

„Und, wie fühlen Sie sich?" Es legten sich immer mehr Sorgenfalten auf meine Stirn, welche wirklich disharmonierten zu dem mittlerweile als anstrengend empfundenem Dauergrinsen.

„Äh, also, hmmm... na ja....", begann ich, „...nun ja, also ich...ich kann mich irgendwie gar nicht mehr so gut erinnern, warum ich vorhin... vorhin... also damals... ne, häh, grade eben so eine große Wut hatte! Sowieso... ich kann mich irgendwie gar nicht mehr so gut erinnern!"

Rein gar nichts machte grade noch Sinn, und mit einem großen Unbehagen fiel mir auf, dass mir nicht mehr einfiel, wo ich als Kind aufgewachsen war, und auf welche Grundschulen ich ging. Mit größter Anstrengung versuchte ich mir das Gesicht meiner Mutter ins

Gedächtnis zu rufen, doch es wollte irgendwie nicht mehr gelingen. Nichts außer ungewissen, verschwommenen Silhouetten... ein Griff ins Leere. Von der unbegreiflichen Frage, wie zum Geier ich hierhergekommen bin, war ich nach der so schrecklich verunsichernden Nichtbeantwortung zu dem verheerenden Rätsel übergegangen, wer ich denn selbst überhaupt sein sollte. Schon wieder stieg panische Angst in mir auf, welche sich mit der seit dem Lichtblitz bestehenden Glückseligkeit, die so kalt und künstlich wirkte, zu einer sehr grotesken Ambivalenz vermischte.

*„Ja, aber Herr Doktor?!! Was haben Sie denn nur mit mir gemacht?"*, stammelte ich verwirrt. *„Aber... wer bin ich denn nun eigentlich?"* Er brauchte diesmal nicht mehr auf den flimmernden Bildschirm zu schauen, um zu registrieren, dass irgendetwas ganz und gar nicht funktionierte.

„Das hatten wir doch schon...;", raunte er, „... Sie sind ganz einfach Pijotr Iwan Moijcek, generalüberholt und von allen Verhaltensauffälligkeiten bereinigt, und sämtlichen kognitiven Straftaten rehabilitiert." Hääääh? Irgendetwas klingelte – doch nicht bei mir.

„Ja, einen Moment!", sagte der Arzt, und hielt sich seinen kleinen Finger ans Ohrläppchen, bevor er sich wegdrehte und anfing zu flüstern: „Ja, ist hier. Ne, wieso?... Puh, also prinzipiell ginge das. Jedoch, ehrlich gesagt..." Kurz musterte er mich mit mitleidigem Blick, bevor er sich wieder wegdrehte und tuschelte: „... eigentlich ist er mindestens ein 'TD24'... ja, genau, im Grunde schon ein Fall, der unters Vierhundertsechsunddreißigste fällt – für die Selektionsinformatiker aus der Inneren also."

Phonetisch verstand ich jede Silbe. Doch die zusammenhängende Bedeutung ließ sich nicht mehr wie gewohnt automatisch dechiffrieren. Dabei war ich für den gesellschaftlichen Rang eines proletarischen Reagenzglaskindes doch politisch immer sehr gut gebildet gewesen. Stattdessen empfand ich nun eine im Grunde sehr tiefe und positive Verwurzelung in unserer Ideologie, die ja unsere gemeinsame war, und die einzig Richtige sein musste! Außerdem fühlte es sich so an, als würde ich eine Brille tragen, doch da war keine. Trotzdem, in meiner Sinneswahrnehmung war noch irgendetwas, was im Hintergrund zuzuschauen schien. Vielleicht ja *Octo-Mind?* Unser kollektives digitales Kind, welches es im Grunde doch eh viel besser wissen musste als wir beschränkte Menschen? Mit einem Mal empfand ich eine sehr tiefe Verbundenheit, als seien alle Erdbewohner meine Geschwister, die alle denselben großen Bruder hatten. Ja, er würde für immer auf uns aufpassen. Garantiert! Ganz bestimmt! Nun durchzog wieder ein mildes Lächeln mein Gesicht.

„Nun, wenn Sie meinen…! Ja, Ihnen auch noch einen schönen Tag, Mr. Wang", verabschiedete sich der telefonierende Doktor. Er vergrub seine Hände wieder in dem weißen Kittel, und wandte sein epigenetisch verjüngtes Gesicht wieder mir zu: „Pfff… als ob es auf eine Sonde mehr oder weniger ankommen würde! Na ja, gute Nachrichten für Sie, Mr. Moijcek! Scheinbar hat man beschlossen, Sie in der Produktionskontrollabteilung zu behalten. Jammerschade, und aus meiner Perspektive auch unbegreiflich. Wissen Sie, wie ich darüber abgestimmt hätte?"

Er sah mir auf eine verstörende und besitzergreifende

Weise tief in die Augen. Was? *Häh, was war jetzt los?* Ich begriff den Kontext des Gesagten einfach nicht mehr.

„*So.*", schimpfte er und streckte wie die Cäsaren seinen Daumen nach unten.

„AAAAAAAAAUUUUUUTSCH!!! AUA! Auaaaaaaaa!!! Aufhören, aufhören, bitte, bitte!!!", schrie ich gequält auf, während ich mich in einem unvorstellbar schmerzhaften Ganzkörperkrampf auf dem Metalltisch hin und her windete. Als hätte man mich von Kopf bis Fuß in brühend heißes Wasser getaucht, brannte jeder Zentimeter meiner Hautoberfläche auf die höllischste Art und Weise. Obwohl diese Tortur nur zwei Sekunden dauerte, fuhr ich fast aus der Haut und wünschte mir nichts lieber als den Gnadenschuss.

„Awwwwrrrr…", winselte ich keuchend und hielt mir die zitternden Hände schützend vor das Gesicht.

„Schon gut.", sagte er bestimmt. „… ich meine ja nur… allein ihre steinzeitliche Standardplatine! Letalisierung durch Pentobarbital – sehe ich vielleicht aus wie ein Tierarzt, oder was? Kein Spielraum für etwaige Modifikationen. Aber na gut, lassen wir derlei Innovationen doch den Tüftlern aus der Inneren…"

Fast hätte er vergessen, dass die Wände auch für seine Äußerungen ausgezeichnete Ohren besaßen. „He, Sie! Sehen Sie her!" fügte er hinzu, und hielt mir die Hand hin. Reflexartig drehte ich mich weg und stieß verängstigt aus:

„Nein, nein, nein! Bitte machen Sie das nicht noch

einmal!"

„Nun machen Sie schon!", drängte er. „Ist nicht schlimm, versprochen. Wirklich nicht."

Ganz vorsichtig wandte ich meinen Kopf, und in dem Moment, in dem ich an dem emporgestreckten Daumen in die Augen des schadenfroh grinsenden Neurobiologen blickte, fiel der Groschen: Sofort verschwanden die Schmerzen und machten Platz für Sorglosigkeit und einen Endorphin-Rausch. Ein empathisches Wohlwollen stellte sich ein. Nun, also daran könnte ich mich gewöhnen! Es roch nach meinen Lieblingsblumen und mein Gaumen schmeckte nach Honig. Alles in allem, fantastisch! Auf einmal war ich außerordentlich überzeugt von der politischen Dogmatik der Partei. Es stand außer Frage, jemals daran gezweifelt zu haben. Dass so fundamentale Erinnerungen aus der frühen Kindheit und der Familie nicht mal im Entferntesten aufrufbar waren, wie ausgelöscht schienen, kam gar nicht mehr in den Sinn. Die existenzielle Empörung darüber, auf einmal nicht mehr zu wissen, wer man ist, war irrelevant geworden. Und schon sehr bald würde sie vergessen sein…

*„Fundamentalkonditionierung abgeschlossen! Trotz starker Amnesie und großen Einschränkungen in der motorischen Koordination greifen die Basisprogramme – TD24/3789 ist betriebsbereit!"*, entschied der Mann im Kittel mit der Hand an der Stirn für eine Videoaufnahme, für den ich plötzlich eine der unanfechtbaren Loyalität folgende familiäre Empfindung verspürte. Ganz gleich, ob sein von mir enttäuschter Gesichtsausdruck wohl kein Anzeichnen für väterliche Gefühle seinerseits sein konnte, als er sprach, hing ich an seinen Lippen, sein Wort war Gesetz.

„Weiß nicht, ob man das in Ihrem Falle sagen kann: ‚Sie haben nochmal Schwein gehabt'… ist ja auch völlig egal. Betrachten Sie Ihre Rezeptoren einfach nicht länger als ihr Eigentum. Sie werden ja noch früh genug sehen, wie der Hase läuft!"

„Was?", entgegnete ich belustigt und verwirrt zugleich.

„Was meinen Sie damit? 'Wie der Hase läuft?' Die hoppeln doch, oder?" Er antwortete nur:

„Ach, schon gut. Auf Wiedersehen." Dann drehte er sich um, ging durch die Tür, und schloss sie von außen.

Noch siebenhundertelf Minuten. Pijotr sitzt gelassen grinsend vor den Kontrollschirmen, von Langeweile keine Spur. Großartige kognitive Leistungen oder eventuelle Überforderungen sind ohnehin nicht mehr von ihm zu erwarten. Sehr zufrieden schaut er auf die Füllanzeigen, auch die Paprikas verursachen keine Probleme mehr. Gleich zu Beginn der Schicht war die Projektion des Abteilungsleiters erschienen. Auch Mr. Wangs Mimik war von nun an... wie ausgewechselt.

Sein herabwürdigender Blick war dem charakteristischen milde Lächeln gewichen. Der bahnbrechende Fortschritt hatte auch vor seinen Nervenbahnen nicht Halt gemacht. Beide Menschen glichen nun mehr einer biologischen Videokamera, die sich nach einfachen, auf Reizen folgenden Reaktionen verhielten. Von der Fähigkeit zum symbolischen Denken und dem begrifflichen Abstrahieren war kaum etwas übriggeblieben. Nur pure Informationen sammelnde Subjekte, von Mutter Natur mit einer unfassbar komplexen Wahrnehmung ausgestattet, und nun durch die eigene Technik der Vorstellungskraft beraubt. Genau so wollten sie es. In einigen ungünstigen Fällen jedoch verursachten die neurobiologischen Ausuferungen des einundzwanzigsten Jahrhunderts drastische Unfälle. Jene Schicksale, bei denen man die angerichteten Folgeschäden als nicht ausreichend genug erachtete, um ihnen automatisch Sterbehilfe zu gewähren, fristeten ein vor sich hinvegetierendes Dasein, das keine zeitliche Orientierung mehr kannte. An alle hirnverbrannten Individuen, die sabbernd und zuckend damit zurückgelassen wurden, dass man so unbarmherzig in ihre Schaltkreise hineinfunkte, konnte man nicht mehr viele Ansprüche stellen, außer, dass sie schön brav und still ihre

Knöpfchen drückten, weiterhin die erzeugten Produkte konsumierten, den genveränderten Mist herunterwürgten, und die Propaganda auf den Leinwänden anschauten. Während das Trinkwasser, unsere Ozonschicht und die Selbstbestimmtheit des Einzelnen weitestgehend zu Themen für die Geschichtsbücher wurden, genossen eine Handvoll Menschen die totale, uneingeschränkte Macht über den Planeten. Und auch, wenn sich Pijotr in einem Zustand der Sorglosigkeit und des bedingungslosen Gehorsams befand, zeichnete sich schon bald eine kaum merkliche Sorgenfalte auf seiner Stirn ab. In seinem Lächeln keimte von diesem Tag an die Empfindung, dass irgendetwas innerhalb seines so bedingungslos glücklichen Verstandes nicht dazugehörig sei, doch das ruinierte Gedächtnis bot keinen Aufschluss darüber, an welchem Punkt alles anfing...

Mit diesem üblen Beigeschmack sieht er in die Spiegelung der Scheibe, und drückte lächelnd die '4'.

## *Hintergrundlos*

„Ey, Frankie, alter... ich glaub dir kein einziges Wort. Was erzählst du denn da jetzt wieder für einen Blödsinn?" Jochen nippte an seinem Dosenbier, sah mir stirnrunzelnd in die Augen und schwafelte angetrunken:

„Die Geschichte... *#higgs*... die hast du dir doch ausgedacht. Von wegen, Auftragsmord, arabische Clans, blablabla. Das musst du im Fernsehen gesehen, oder in der Zeitung gelesen haben."

Frustriert antwortete ich:

„Du musst mir glauben, Jochen! Es ist genauso gewesen! Mir ging der Arsch echt auf Grundeis. Fast... fast hätten die mich auch noch langgemacht!"

Zur nächsten Dose Turmbräu greifend, sagte er:

„Du spinnst doch! Jetzt fang du nicht auch noch damit an! Seit wann quatscht du denn so ein fremdenfeindliches Gewäsch daher!?" Widerwillig gab er mir auch ein zweites, und sah mich skeptisch an. „Ich mein, du bist doch'n Altpunker, oder nich? Wie kommste denn jetzt auf sone Messermigranten-AfD-Ammenmärchen? Als ob hier irgendwelche Großfamilien in dem Hinterhof da drüben einfach so Leute abmurksen würden... echt."

„Man ey, meine Fresse!", entgegnete ich aufgebracht. „Das waren ganz einfach skrupellose Arschlöcher, ist doch letztendlich völlig scheißegal, wo die herkommen, aber die haben diesen Typen übern Haufen geballert, scheinbar gehörn die soner Gang oder sowat an! Fuck, solche Sachen passieren in Großstädten nun mal!" Gierig schnorrte ich einen jungen Mann nach einer Zigarette an, doch er wollte mir keine geben. Unruhig schlenderte ich auf und ab, und sagte trotzig zu Jochen:

„Wenn du es mir nicht glauben willst, bitte. Hab's mit eigenen Augen gesehen! Was sich hier nachts im Schatten der Dunkelheit abspielt, ist erschreckend!" Nach einem gierigen Schluck musterte mich Jochen mit seinen schielenden Augen und konterte:

„Du laberst doch nur mal wieder. Das hast du alles erfunden, *Rülps\**... um Aufmerksamkeit zu kriegen. Ich glaub dir die Geschichte bis zu dem Punkt, wo du hinter den Mülleimer kackst. Weiter nicht, kapiert?" Auch eine weitere Passantin verwehrte es, mir einen ihrer Glimmstängel abzugeben. Erwartungsvoll flehte ich Jochen an, und flehte geradezu:

„ICH SCHWÖRE, dass ich Zeuge eines Mordes geworden bin, heute Nacht! Bandenkriminalität, sach ich dir! Einer des, man kann fast schon sagen, Hinrichtungskommandos hat sogar den Namen der Bande, oder Gang oder was auch immer genannt! Angeblich sind sie von dem *Al-Khaled-Clan!* Ja, genau! Al-Khaled, das war der Name. Ist wohl ne arabische Großfamilie."

Jochen winkte genervt ab, und antwortete:

„Al-Khaled-Clan? Ach hör mir doch auf! Die standen

doch letzte Woche in den Nachrichten, weißt du noch? *„AlKhaled-Clanmitglied verurteilt wegen dreifachen Mordes und Menschenhandels, blabla, usw."* Man, Frankie... keine Ahnung, was du dir in deinem Entzugsdelirium eingebildet hast, als du mal wieder zu lange vor der Glotze gehängt hast, alde. Jetzt kommst sogar du mit diesem rassistischen Quatsch an, wie die anderen! Komm schon, du verspulte Kassette! Hörst du dir eigentlich noch selber zu? Al-Khaled-Clan, Al-Khaled-Clan, man ey." Auf einmal deutete er auf die große Menge an ausländischen Mitbürgern dieses Stadtteils und spottete ironisch: „Da, hier sind se, überall die Großfamilie, überall Al-Khaleds, was?"

Von seinem Ton gekränkt, entgegnete ich mit bitterkaltem Ernst in der Stimme:

„Ja, ganz genau! Al-Khaled! Ach egal, es war einfach nur dumm, anzunehmen, dass wenigstens du mich ernst nimmst!" Ein durchgefeierter Mann nahöstlicher Herkunft stellte sich zu uns, nachdem er zuvor einige Zeit in Hörweite herumgestanden hatte und fragte:

„Hey, Brüda! Was geht, wollt ihr bissch'n Koks kaufen!? Ein Beutel is halbes Gramm und kostet 50 Euro, jalla. Ey, isch schwöar, isch mach gute Preis! Eh, ihr seht doch so aus, als könntet ihr ne kleine Pipe vertragen! So voll unentspannt, so."

Zögerlich sah ich Jochen an, der mit den Achseln zuckte, ihn ansah und dann in einem Tonfall antwortete, als wollte er ihn abwimmeln:

„Heh, wir sind eigentlich ganz gut versorgt. Danke, kein

Bedarf."

Der Ticker war scheinbar nicht ganz einverstanden, denn er feilschte:

„Yo, isch kann auch fündundvierzig machen, digga, oder sagen wir, ein ganzes Gramm für Neunzig, alla?" Aufdringlich und zur Handlung zwingend sah er in meine geiernden, suchgetriebenen Augen und wiederholte seine Leier: „Komm schon, alter! Ich seh doch, du hast Bock! Ey, isch mach gute Preis!" Mit brennendem Verlangen nach dem weißen Pulver und zittriger Hand tapste ich auf und ab. Ohmann! Jochen hat nicht gelogen, zuhause bei mir war noch etwas, aber würde es reichen? Geraucht auf keinen Fall. Vielleicht hat er das gesagt, weil er das mit der Pause wirklich ernst meint, wo er doch letztens so doll am Reihern war. Missmutig dachte ich daran, dass unsere gewohnte Quelle nun im Knast sitzt, und dass die Pissratte, die mich abgezogen hat, ganz bestimmt nicht hier auf der Platte auftauchen wird... ach, scheiß drauf! Lautstark bellte ich in Jochens Richtung:

„Ach, Jochen, mein Bester, ich weiß, du kriegst zwar noch ne ganze Stange Geld von mir... aber... kannst du mir trotzdem nochmal Neunzig Euro leihen?" Jochen rollte genervt die Augen. Dann linste er auf die vom Verkäufer auf der Hand zur Schau gestellten kleinen Beutelchen, und nun ergriff die Gier auch Besitz von seinen Gesichtszügen.

„Also gut, hier.", brummte er frustriert und vorfreudig zugleich. Unzufrieden raunend gab er dem Typen die Knete, die ich ihm ja so schnell auch nicht wiedergeben konnte, *was er sich wohl auch in diesem Moment ausmalte.*

„Alles klar, viel Spaß damit, Brüda!", sagte unser neuer Freund. „Ach, eine Sache noch: Vorhin, da habt ihr voll laut über die Al-Khaleds gelabert. Kennt ihr die Familie, oder was?" Beim Hören des Namens machte mein Herz einen kurzen Aussetzer. Der Schock von letzter Nacht kam sofort wieder hoch. Verschreckt antwortete ich:

„Was, nein, keine Ahnung, wir haben uns nur über einen Zeitungsartikel unterhalten... echt keinerlei Schimmer, wer die sind und was die machen!" Für einen kurzen Augenblick sah man in seinem Blick ein kühl abwiegendes, forschendes Durchleuchten unserer Visagen. Dann entspannte er sich, und meinte:

„Ne, alles klar, alles gut." Kaum merklich hatte sich ein ziemlich schlecht verkleideter Zivilpolizist dem Drogenszenetreff angenähert, ein Stümper, den man schon von weitem durchschauen konnte. Er hatte seine Ohren weit aufgespitzt, interagierte mit niemandem, und sah immerzu auf die Hände der umherstehenden Drogensüchtigen. Auch der Migrant von gerade durchschaute ihn auf Anhieb und verabschiedete sich.

Den Mundwinkel unten, knurrte Jochen mit vorwurfsvollem Blick:

„Natoll. Alles klar. Zu dir denn, oder was?"

„Japp.", sagte ich etwas kleinlaut.

Lange ist Jochen nicht geblieben. Er hat sich nur seine Hälfte abgewogen, es mit dem eigenem Rest vermengt, und dann eine Pfeife nach der anderen aufgekocht, ohne mit mir zu reden. Die Qualität war eher mittelmäßig, und rund zwanzig Minuten, nachdem er sein letztes bisschen gebased hatte, überfiel ihn ein derber Abfuck, er war total fertig und niedergeschlagen, und wollte um jeden Preis mehr. Ich wollte ihm die Hälfte meines Stoffes abgeben, hatte ja noch meine Schore da. Aber er quittierte, wohl wissend, dass auch das nicht genügen würde. Dann ist er los, ohne sich zu verabschieden. Viel würde morgen nicht mehr von seinem Hartz IV übrig sein, das stand außer Frage... genüsslich tackerte ich mir eine Nase zurecht, ich wusste schon, wieso ich das nicht mehr inhalierte, hmmpf! Mit dem Ziehröhrchen in der Nase über den Spiegel gebeugt setzte ich mich auf, weil es urplötzlich klingelte. Verdammt! Wer war das? Jochen vielleicht, der es sich anders überlegt hat? Vom ausgetricksten Belohnungssystem beflügelt tänzelte ich durch den Hausflur und riskierte einen Blick durch den Türspion.

Ach, du grüne Neune!

S c h e i ß e!


Die Bullen! Was zum? Was wollten die von mir!? Sie klingelten nochmal, und ich sah ihre ungeduldige Körpersprache, und wie beide sich skeptisch ansahen. Schnell schloss ich meine Wohnzimmertür, und schloss die Haustür auf. Fuck, man riecht, dass hier Blech geraucht wurde, und zwar viel... egal... vorsichtig öffnete ich die Tür einen Spalt weit. Die beiden Vertreter der Exekutive hielten mir ihren Dienstausweis ins Gesicht:

*„Guten Tag, Hauptkommissar Schröder mein Name. Bezirkskriminalinspektion Kiel-Gaarden, Abteilung Clan-Kriminalität. Es geht um den Fall eines hier in der Nachbarschaft kürzlich ereigneten Mordfalles. Sie kommen aufgrund von Videoaufnahmen als Tatzeuge in Betracht. Dürfen wir kurz reinkommen, und Ihnen ein paar Fragen stellen?"*

Überfordert dachte ich an all die verschmorten Alufolienbleche, den unverkennbaren Geruch verbrannten Heroins und den Spiegel auf dem Tisch mit der darauf fertig gelegten Nase. Nein. Auf gar keinen Fall. Ich bemühte mich, wütend statt eingeschüchtert zu klingen:

„Tut mir ja leid, aber ich bin n' Altpunker, ich red nich mit euch … Polizeimaggern. Hab nix mit Clans oder so zu tun. Schönen Tag noch." Mit voller Wucht schlug ich den verdatterten Ermittlern die Tür vor der Nase zu. Fast hätte ich „Bulle" gesagt. Bitte was? Wie kommen die denn auf mich, wat für ne Videoaufnahme? Die von der Bank gegenüber des Hinterhofs? Haben die an der Platte etwas aufgeschnappt, oder meine WhatsApp-Nachricht über den Zwischenfall an Jochen gelesen? Ach du meine Güte, sollte ich nicht vielleicht doch mit ihnen reden, denen alles sagen, was ich gesehen habe? Am besten gehe ich gleich morgen früh zur Wache und mache eine Aussage! Ja, das wird das Beste sein... schließlich sind die doch dazu da, uns vor solchen Menschen zu schützen, vielleicht führte meine Aussage ja zur Ergreifung der Täter?

Am nächsten Morgen, nachdem ich mich an der Platte mit neuem Stoff versorgt hatte, entleerte ich den überquellenden Briefkasten. Oben aufliegend, auf dem Stapel von Werbungen, Mahnungen, Inkassoschreiben und gelben Gerichtsbescheiden war ein unfrankierter Briefumschlag ohne Absender. Stirnrunzelnd öffnete ich den Umschlag und zog ein zusammengefaltetes DIN-A4-Blatt heraus. Beim Auseinanderfalten offenbarte sich eine aus aufgeklebten Zeitungsbuchstaben bestehende Nachricht. Erst beim dritten oder vierten Mal Lesen wollte mein Gehirn dann akzeptieren, dass da eine an mich adressierte Mordbotschaft stand:

„Ein wo R T zU d en Bu L leN uNd Du b ist t oT, DU penn Er!"

Ich schluckte, faltete das Papier wieder zusammen, steckte es zurück in den Umschlag, und knallte ihn mit dem anderen Berg an Rechnungen in den Papiermüll. Dann griff ich wieder hinein, holte Umschlag heraus, und steckte ihn zerknüllt in meine Hosentasche. Eigentlich wollte ich den Papiermüll herunterbringen, aber seit letzter Nacht fürchte ich mich vor Papiermüllcontainern. Tja, danke Reizgeneralisierung...

Als ich das Parkplatzgelände des lokalen Polizeipräsidiums betrat, und ich an den Streifenwagen entlängsschritt, bimmelte auf einmal mein Handy. Es war eine unbekannte Nummer.

„Jo, Frankie am Apparat?", flüsterte ich zögerlich. Eine blechern verzerrte Stimme drohte:

**„Pass ja auf, was du sagst, alla! So'n Drecksjunkie wie dich wird keiner vermissen! -** *Piep-Piep-Piep...*

*-Aufgelegt.*"

Was zum? Woher hatten die meine...? Eine Polizistin und ein Polizist kamen munter tratschend aus dem Haupteingang, und liefen nun mit ihren Coffee-To-Go-Bechern diagonal über den Parkplatz auf einen der Dienstwägen zu. Hektisch blickte ich um mich. Woher wissen die denn? Also, sind die in der Nähe? Was mach ich jetzt?

„Kann man Ihnen helfen?", fragte die blonde Polizistin freundlich, die locker zwei Köpfe größer war als ich.

„Neene, schon gut, ich glaub nur... ich glaub nur, ich hab's mir doch anders überlegt mit der Verladung...!", stotterte ich hilflos.

„Wie sie meinen!", rief der Polizist schelmisch grinsend, und setzte sich auf den Beifahrersitz. Als der Streifenwagen an mir vorbeigebraust war, drehte ich mich um, und ging schnellen Schrittes los, mich nach allen Seiten umschauend. Beobachten die mich? Jeder BMW und Passant mit Migrationshintergrund kamen mir spanisch vor. Hey, ich brauche jetzt echt was zum Runterkommen! Herrje! Was ist hier nur auf einmal los? Woher haben sie meine Nummer und Adresse!?

Ich fand Jochen mehr oder weniger bewusstlos, völlig zugedröhnt mit dem Kopf an der Scheibe der Bushaltestelle lehnend.

„Brauchst du'n büsch'n Fentanyl, Mann!?", fragte der Kerl, der neben ihm saß.

„Ne, danke", entgegnete ich etwas harsch. „Hey, Jochen, wach auf, ich muss dir was erzählen!"

Ich zog ein wenig an seinem Ärmel, doch bis auf ein paar grunzende Laute drangen keine Signale aus seinem vollnarkotisierten Bewusstsein. Ich rüttelte ihn ordentlich durch, bis er mich mit glasigen Augen aus kleinen roten Schlitzen ansah, ganz und gar nicht erfreut, auf seiner analgetischen Wolke gestört zu werden.

„JOCHEN! Die haben mir gedroht!!! Ich wollte zur Bullerei gehen und dann ham Leute angerufen und gedroht, mich umzubringen!" Er rieb sich müde die Augen und murrte:

„Och Gott, ne... Frankie, jetzt fang nich schon wieder damit an! Du hast doch nen Knall!" Dann sah er in die Runde herumgammelnder Drogenabhängiger und höhnte: „Ey, Leute! Aufpassen! *Frankie hat heute mal wieder einen an der Waffel und denkt, irgendwelche arabischen Banden wären hinter ihm her!*"

Die anderen lachten. Ungläubig sah ich mich um. Hatte das hier schon die Runde gemacht? Hat Jochen etwa hinter meinem Rücken über mich gelästert? Frustriert rechtfertigte ich mich:

„Doch! Die haben meine Telefonnummer rausgekriegt, ich hab' einen Anruf, keine fuffzehn Minuten her!" Unglücklicherweise war mein Handy ausgegangen, Akku leer. Mann, so'n Mist! „Jetzt ist natürlich der Akku leer!", sagte ich wütend!

„Was'n Zufall!", meinte Jochen trocken und beugte sich

über die Alufolie.

„Da war auch ne Morddrohung für mich im Briefkasten!", stieß ich verzweifelt aus. Die anderen sahen mich mitleidig an, während ich nach dem Briefumschlag wühlte, und ihn schließlich in meiner Hosentasche fand. „Hier!", beharrte ich und gab ihm das Papier. Gespannt zog er das Schreiben heraus, faltete es auf, und schüttelte den Kopf. Er sah mich besorgt an und sprach:
„Frankie, Alter. Dat ist nur ne Sperrandrohung von den Stadtwerken!"

Ein Alkoholiker mit knallroter Nase, der einfach nur seinen Senf dazugeben wollte, lallte von der Seite ins Gespräch hinein:

„Woah, man... *büüürps\**... also, das klingt mir doch sch… schooon nach, hier, Dings, näh, das is hier dies Parandroide Wahrnehmungssch…schörung. Damiiit is nich su spaßen, huiuiuii."

Entgeistert schaute ich auf das Papier, und musste mir eingestehen, dass ich wohl tatsächlich den falschen Umschlag eingesteckt hatte.

„Ja, aber... ich könnte schwören...", begann ich zögerlich.

„Schon okay!", meinte ein ausgemergelter Speedfreak, der mich verständnisvoll ansah...

Als ich den Rewe-Supermarkt verließ, mit mehreren Kartons Tütenwein, überkam mich die Wut darüber, dass niemand mir Glauben schenken wollte. Vielleicht sollte ich Britta anrufen? Meine Schwester hatte mir doch schon einige Male aus der Patsche geholfen. Auf die Familie ist doch bestimmt Verlass! Als ich in meine Straße einbog, sah ich mich nach allen Seiten um. Mit rasendem Puls schritt ich auf auf mein Haus zu, vor dem ein kleiner Junge wohl arabischer Abstammung vor seinem Fahrrad stand. Nachdem er mich bemerkt hatte, tippte er etwas auf seinem Handy und radelte davon. Wurde er abgerichtet, um mich zu bespitzeln? Kurz überlegte ich noch, ihm nachzurennen und ihn mit meiner Anschuldigung zu konfrontieren... nach kurzem Durchatmen aber kam mir die Idee völlig bescheuert vor. Der ist doch rein zufällig genau in dem Moment losgeheizt! Vielleicht hat Jochen Recht und mir ist die Sicherung durchgebrannt. Andauernd interpretiere ich meine Umgebung falsch. Wenn ich inzwischen jegliches Ereignis auf mich beziehe, egal wie unrelevant, dann ist das wirklich einfach nur Wahnsinn, *balla balla und plem plem bin ich wohl...*

Nach einer Tüte Weißwein aus der europäischen Gemeinschaft, die fieseste Plörre, mit der man vorgeben kann, Dionysos zu huldigen, und dem knisternden Geräusch der Alufolie hatte ich mich ein wenig beruhigt. Zwecks Frischluft öffnete ich das Fenster. Unten an der Straßenecke fielen mir zwei verdächtige Personen auf. Sie waren dunkel gekleidet und hatten trotz der großen Hitze ihre Kapuzen tief ins Gesicht gezogen. Offenbar beobachteten sie meine Wohnung, denn als ich mich aus dem Fenster lehnte, sahen sie unauffällig weg. Sofort bekam ich wieder Herzrasen. Ach du Scheiße! Ich knallte das Fenster zu, und ging in die Küche, wo mein Handy am Ladekabel hing. Mit dem Handy am Ohr sah ich zwischen den Gardinen herunter zu den beiden bedrohlichen Gestalten, die unverkennbar den dritten Stock dieses Hauses im Auge behielten.

„Ja? Hallo? Britta? Ich bin's, Frankie! Schwesterherz, du musst unbedingt herkommen! Hier, äh, hier sind so Typen, die observieren meine Wohnung! Ich hab voll Schiss! Bitte komm schnell!"

Nachdem ich alle Drogenutensilien außer Sichtweite geräumt hatte, lief ich unruhig in der Wohnung auf und ab, jedes Mal, wenn ich aus dem Fenster spähte, sah ich die beiden unauffällig in meine Richtung starren. Als Britta denn endlich eintraf, war sie sehr erschrocken über das so aufgewühlte Bild ihres Bruders. Sie lauschte seinen Ausführungen mit einer gewissen Skepsis, und als sie die Gardinen beiseiteschob, um sich ein Bild von den Kerlen zu machen, die meine Wohnung im Auge behielten, sagte sie nur irritiert:

„Frank, mein Lieber, da ist niemand." Baff blickte ich über ihre Schulter, da war tatsächlich niemand mehr.

„Na toll, jetzt sind se natürlich wech! So ein Kack! Ich könnte schwören... Moment, ich kann's beweisen!", klagte ich verzweifelt, und begann den Papiermüll nach dem Briefumschlag zu durchforsten. Sie streichelte mir geschwisterlich über den Rücken und sagte in einem tröstlichen Tonfall:

„Komm, wir gehen erstma ne Runde spazieren. Die Frischluft wird dir guttun!"

Während wir in Richtung Stadtpark entlang schritten, drehte ich mich alle zehn Meter panisch um. Die hatten doch bestimmt überall ihre Leute! Es war nicht mehr sicher, rauszugehen, so viel stand fest, und ich verfluchte meine Schwester dafür, dass sie mich dazu überredet hatte, mich dieser Gefahr auszusetzen.

„Frankie, was ist denn los? Du siehst ja aus, als wäre der Teufel hinter dir her!" Seufzend zuckte ich mit der Schulter und meinte angespannt:

„Ich weiß nicht genau, ob ich's dir erzählen soll! Nach... nachher tun sie dir auch noch was!"

„Bist du etwa wieder rückfällig geworden? Hast du Schulden bei Rauschgifthändlern? Oder wieder Ärger mit der Polizei? Ich kann unmöglich nochmal deine Geldstrafe bezahlen!"

„Neee, es ist viel komplizierter! ... ich, also... neulich... warte, ist dein Handy an!? Mach erst dein Mobiltelefon aus! Vielleicht werde ich abgehört! Nun mach schon dein Handy aus!" Sie kam meiner Bitte nach, gleichwohl es nicht danach aussah, als ob sie die Gefahr richtig einschätzte, sondern eher, als ob sie mir nicht in mein wie auch immer geartetes Wahnsystem hineinreden wollte.

„So...!", sagte sie mit einer gewissen geschwisterlichen Strenge in der Stimme. „... Jetzt erzähl mal, was wirklich passiert ist. Ich sehe doch, dass du wieder total rote Augen hast!" Boah, nicht das Thema. Fängt sie schon wieder damit an! Missverstanden und aufgebracht konterte ich:

„Nein, es ist nicht wegen der Drogen, ich;"

„Ach so, also nimmst du doch wieder dieses Zeug! Habe ich's doch gleich gewusst!", fuhr sie mir ins Wort. „Wenn das unsere Mutter hört!"

Spätestens jetzt fühlte ich mich Hundeelend, dabei schlug mir die permanente Alarmbereitschaft meines Verstandes ohnehin schon auf den Magen. Der Gedanke, wie Britta Mutti an ihrem Krankenbett zuschwafelte, darüber, was ich doch für einen drogensüchtigen Komplettversager abgebe, im Gegensatz zu ihr, der hochrangigen Verwaltungsfachangestellten, brach mir das Herz. Auch wenn das Gehörte eh durch ihr demenzielles Gedächtnis-Sieb hindurchsickern würde, die Vorstellung war unerträglich. Vor Wut mit der Nase schnaubend, prustete ich:

„Halt bloß den Rand! Das würde ihr den Rest geben."

„Frankie, ich kenn da nen ganz guten Psychologen!", entgegnete sie. „Dr. Pfeiffert ist sein Name. Hier ist seine Visitenkarte."

Dieser ruckelige Themawechsel kam mir gerade recht. Zornig brabbelte ich:

„ABER ICH BIN DOCH GARNICH VERRÜCKT! Ehrlich gesagt, so langsam kommt es mir zwar so vor, weil alle von der Seite ihren Quatsch reinreden. Dass ich von dem Stoff nicht wegkomme, tut nichts zur Sache. Mmmh, das Problem, ja, war nur... dass ich zur falschen Zeit am falschen Ort gewesen bin, japp."

„Ach ja, und was hast du da gemacht?", wollte Britta wissen. Kurz überlegte ich, wie ich es formulieren sollte. Ich konnte ja schwer zugeben, dass dieser schicksalhafte Hinterhof von mir nur aufgesucht wurde, weil ich Durchfall von zu viel Bier und miserablen Stoff hatte.

„Ähmm...", räusperte ich mich, „Ich wurde in ein Verbrechen, sozusagen... reingezogen." Britta stemmte ihre Arme in die Hüften und fragte mit hochgezogenen Augenbrauen:

„Verbrechen? Du sagtest doch, du wolltest dich nach der Entgiftung von diesen Junkies fernhalten!" Ich verkniff mir den Impuls, sie anzuschreien. Enttäuscht sah ich ihr in die Augen und sagte leise:

„Du scheinst ja wirklich sehr gut darüber Bescheid zu wissen, was ich dir gerade erzählen wollte... und danke, dass du mein komplettes Fühlen und Handeln, sowie die Ereignisse, die mir widerfahren, auf ein einziges Thema reduzierst."

Dann wand ich meinen Kopf, um ihren aus dem Konzept gebrachten Blick nicht weiter aushalten zu müssen. Doch dann: War das nicht? Das ist doch... oh nein! Da ist der Junge wieder mit seinem Fahrrad! Scheinbar hatte er uns auf einem parallellaufenden Parkweg flankiert, schob sein Bike wohl schon eine ganze Weile neben sich her, uns dabei im Auge behaltend.

„Ist irgendwas?", erkundigte sie sich nervös. „Du bist auf einmal so gereizt. Richtig schizophren irgendwie!"

„MAN    EY,    ICH    GEB    DIR    GLEICH

SCHIZOPHREN!", brüllte ich genervt. „*Hör zu, dreh dich gleich mal um, doch nicht sofort, sonst merkt er es. Da hinten, auf dem Parkweg, ist ein kleiner Junge, der uns schon ne ganze Zeit beobachtet. Er war vorhin schon bei meiner Wohnung, scheinbar haben sie die Fährte aufgenommen, diese Schweine! Komm, lass uns bitte schnell weitergehen!*"

Natürlich drehte sie sich sofort um, und zeigte mit dem Finger auf benannte Person.

„Was, der kleine Knirps dahinten? Jetzt spinnst du völlig."

Besagter Knirps fühlte sich wohl ertappt, und schwang sich aufs Fahrrad, um in entgegengesetzter Richtung das Weite zu suchen. Wütend fuhr ich sie an:

„Mann, ich meinte doch, du sollst dich bedeckt halten! Jetzt haste ihn verscheucht! Ey.. erzähl mir nochmaaa, dass daaaas niiiiichts mit mir zu tun hat, yo!"

„Frankie, ich mach mir grad echt Sorgen um dich.", sagte sie mit mitleidig prüfenden Augen.

„Alles klar, dann sind wir ja schon zwei. Komm, wir gehen lieber schnell wieder zu mir!", flüsterte ich und zog an ihrem Ärmel. Wir standen gerade an der Ampel, als ich die Visitenkarte dieses Dr. Pfeifferts zerriss und ihr die Schnipselfetzen demonstrativ vor die Füße warf. Dann spuckte ich drauf. Britta sah mich an und meinte kopfschüttelnd:

„Du benimmst dich mal wieder unmöglich!" Angepisst keifte ich zurück:

„Jaaa, weil mir keiner meine Version der Geschichte glauben will! Anscheinend schenkt mir nicht mal mein eigenes Fleisch und Blut Gehör! Auf einmal... sind alle gegen mich!" Meine aufgestachelte Wut im Bauch ließ sie völlig kalt.

Sie faselte nur von oben herab:

„Weil deine Version der Geschichte so eingebildet klingt. Warum sollte ich die Hirngespinste deiner Drogenpsychose ernst nehmen? Bruderherz, wenn du Hilfe brauchst, Ein Obdach oder Geld, kannst du immer auf mich zählen. Aber bitte such dir Hilfe, du siehst diesmal wirklich mitgenommen aus!"

„Weil ich eine gottverdammte Morddrohung bekommen habe, da wärst du auch ein bisschen durch den Wind!" Dann wurde ich stinksauer. Das kann doch nicht wahr sein! Beim zur Seite spähen entdeckte ich den kleinen Jungen, diesmal ohne sein Fahrrad, und er war dabei, uns aus einigen Metern Entfernung zu fotografieren.

„HEY!", schrie ich aufgebracht, und stapfte los in seine Richtung.

„Was ist denn jetzt los?", fragte Britta fassungslos. Ich ging an ihr vorbei auf den Jungen zu und brüllte:

„DU HÄLST MICH WOHL FÜR BLÖD, ODER WAS? DENKST DU, ICH KRIEG DAS NICHT MIT, HMMM?! LOS, GIB MIR DEIN SCHEISS HANDY HER!" Ich versuchte verzweifelt, dem Jungen, den ich auf etwa dreizehn Jahre einschätzte, sein Handy aus der Hand zu reißen. Mit einem ziemlich verschreckten

Gesichtsausdruck versuchte er sich aus meinem Klammergriff zu lösen und machte einen Satz zurück. Ich hielt ihn am Arm fest und schrie:

„NA LOS, FREUNDCHEN, ZEIG MAL, WIE DEINE LETZTEN FOTOAUFNAHMEN AUSSEHEN!"

„Alter, lass mich los, man!", rief er zappelnd. Mit einem Mal zerrte meine Schwester an meinem Kragen und sagte aufgebracht:

„Frank, lass sofort diesen Jungen los! Was ist denn in dich gefahren!" Als ich sah, wie viele Passanten stehen geblieben waren, und misstrauisch beäugten, wie ich hier in meiner Obdachlosenkluft rumbrüllte, und versuchte, diesem Kind sein Handy aus der Hand zu reißen, ließ ich schließlich davon ab. Er drehte sich um, und fing an loszurennen. Kurz drehte er noch mal seinen Kopf, und ich zeigte ihm den Mittelfinger.

„Du bist doch komplett übergeschnappt!", schimpfte sie.

„Ach ja?", widersprach ich trotzig. „Und wieso ist dann nur mir aufgefallen, dass der Bengel von gerade eben in einem gewissen Kontext steht? Es sind böse Menschen hinter mir her! Und jetzt ja vielleicht auch hinter dir! Komm, wir gehen lieber schnell wieder zurück in meine Wohnung, aber erst kaufen wir noch ein paar Vorhängeschlösser, man weiß ja nie! JAAA, SCHNELL IN DIE WOHNUNG! Da haben wir zumindest noch ein paar Küchenmesser...äh... ich mein, ich lass mich doch nicht auch einfach auf offener Straße abknallen, ne!"

Zugegeben, ich muss in diesem Moment einen ziemlich

desolaten Eindruck auf Britta und die umherstehenden Mitmenschen gemacht haben, so mit zitternden Gliedern über den Bürgersteig wankend, mir die Haare raufend, während die Angstschweißperlen von der Stirn tropften. Doch es war alles so gemeint, ich sprach die Wahrheit, nur mit dem bitteren Beigeschmack, dass die Tatsache, dass nur mir es auffiel, mich über lang oder kurz in den Wahnsinn treiben würde. Sie hielt meinen Arm und führte mich über den Zebrastreifen vorbei an den kopfschüttelnden Passanten.

„Siehst du? Alle sind gegen mich.", murmelte ich beschämt.

„Ist schon gut.", sagte sie. Peinliches Schweigen erstickte jegliches zielführende wie verdrängende Gespräch im Keim, und so schritten wir einige Blocks, meine Schwester immer wieder mit einem doch irritierten Herüberluschern zu meinem herunterhängenden Kopf, der den Anblick des Bürgersteiges dem des Umfelds vorzog. Es hatte fast schon etwas wie in all den entfernten Tagen der Kinderstube, als die Scham und die Angst vor dem Ärger über das, was man ausgefressen hatte, die Muskulatur versteinerten. Aber irgendwas fehlte. Es war viel leerer. Irgendwas hatten sie uns seitdem weggenommen. Meine Wohnung war nur noch zwei Straßen entfernt, und schließlich sprach sie mit einer Stimmlage, die verriet, dass sie nicht so recht wusste, was sie sagen sollte:

„Alles klar, Frankie... mein Auto ist hier geparkt... ähm... ich schau denn Anfang nächster Woche mal vorbei, und schau, wie es dir geht, ja? Kannst mich jederzeit anrufen."

Wie gelähmt stand ich da, und ignorierte sie. Auch auf ihre Abschiedsumarmung und das „Mach's gut, Bruderherz!" ging ich nicht ein. Da. Sie sind hier. Da ist der weiße BMW. Die Killer. Jetzt kommen sie mich holen. Ganz langsam, wie ein Zombie, hob ich meinen Arm und deutete auf das aufgemotzte, Aufmerksamkeit erregende Fahrzeug, das in die Straße eingebogen war, und jetzt ganz langsam auf uns zufuhr.

„Häh, was?", fragte Britta perplex. „Was ist mit dem Auto?" Zähneknirschend gab ich zu verstehen:

„Das, meine Liebe, sind die Leute, die mich umnieten wollen. Ich sag's dir ganz geradeheraus, Britta, ob du mit klarkommst oder nich, vorgestern hab' ich nen Auftragsmord von irgen'soner kriminellen Bande mitbekommen, und mittlerweile bin ich mir sicher, dass die mich als potenziellen Zeugen auch kaltmachen wollen."

Sie schüttelte den Kopf und geiferte ungläubig:

„Nee, das glaub ich dir jetzt nicht mit dem Mord. Frank, wenn du wieder Schulden bei Drogendealern hast, dann;"

Achselzuckend drängte ich sie beiseite und ging quer über die Straße auf das Auto mit den getönten Scheiben zu.

„FRANKIE, WARTE!", rief sie mir entsetzt nach. „Wenn du dich nicht sofort beruhigst, muss ich leider einen Krankenwagen für dich rufen!" Ich beachtete sie gar nicht, sondern schritt mit entschlossener Miene weiter über den Asphalt, wich einem Schritttempo fahrenden Lieferwagen aus und krempelte meine Ärmel hoch. Das lasse ich mir doch nicht gefallen. Denken die, dass ich kampflos aufgebe? Hurensöhne! Glauben die, ich merke nicht, wie sie mir hinterherschnüffeln und auf eine Gelegenheit warten? Aber nicht mit mir! Die Genugtuung gönne ich ihnen nicht. Sollen sie mich doch gleich hier auf offener Straße umlegen, nur damit meine Schwester sieht, dass ich doch recht habe. Was hatte ich schon zu verlieren? Kurz stand ich noch wie besessen mit einem ausdruckslosen Gesicht vor dem hupendem, weißen BMW. Dann trat ich mit voller Kraft gegen den Kühlergrill. Der zweite Tritt zertrümmerte den rechten Frontscheinwerfer. Während Britta mit dem Handy am Ohr:

„BITTE BERUHIGE DICH UND KOMM HER!" kreischte, schnellte die Beifahrertür auf, ein Hüne in Lederjacke sprang auf die Straße und brüllte mit geballter Faust:

„BIST DU BEHINDAT, JONGE? Ey, was trittst du gegen unser Auto, man? Ich schwöa, isch mach disch fertig, du scheiß Penner, du Hundesohn!"

„Ach ja?", fragte ich kampflustig. Bisschen öffentlicher als in sonem Hinterhof, hmmm? Na los! Du wolltest mich doch schon mal abknallen!"

Mir war es, als würde er wirklich kurz darüber nachdenken, in seine Jacke zu greifen. Sie war auf der einen Taschenseite genauso merkwürdig ausgebeult wie in der Tatnacht. Erst sah ich nur die Tätowierungen auf den wuchtigen Oberarmen, dann nur noch die auf den Händen und Fingern, bevor er mich mit voller Wucht auf den Boden schleuderte. Der erste, schmerzhafte Tritt traf mich nur am Oberschenkel, der zweite, ebenso schmerzhafte traf mich mitten in die Magengrube, so dass mir die Luft wegblieb. Gerade, als er zum dritten ausholte, rief eine Stimme aus dem Wagen:

„Ey, Murat! ...nischt hier, Walla! Du weißt, was der Alte gesagt hat." Die zwei Meter Muskel, Hass und Knochen über mir hielten inne. Er fluchte leise etwas Unverständliches, ballte die Fäuste wie ein bockiges Kind, biss sich auf die Lippen, spuckte auf mich und fuhr dann mit den Fingern über seine Kehle. Etwas in seinem zornesroten Gesicht sagte mir, das ich ihm bestimmt nicht noch einmal entwischen würde. Ich sah ihm nach, und es war wie ein Deja Vu, als er zu dem Wagen zurückrannte, die Tür zuknallte, dieser wendete, und schließlich in einem Affentempo losdüste. Blut lief mir aus dem Mund ich ich windete mich vor Schmerzen.

Britta beugte sich über mich. Sie weinte.

„Frankie, mein Lieber! Was machst du denn!? Du bist auf einmal nicht mehr wieder zu erkennen! Es ist schrecklich, dich so zu sehen.", schluchzte sie. Ich spuckte einen Schwall Blut auf den Asphalt, direkt vor ihre Lederstiefel, und schnappte nach Luft. „Warum?", wollte sie wissen. „Was haben die Leute in dem Auto dir denn nur getan?" Nun rang ich nicht nur um Luft, sondern auch um Worte. Während ich mich aufsetzte, sah ich in ihr aufgelöstes Gesicht und keuchte:

„Hoar... nun ja, der eine Kerl... uff, hat mir ne 9-Milimeter ins Gesicht gehalten... und mit mehr Zeit... hätte er auch abgedrückt!"

„Was faselst du denn für einen Unsinn? Da hat niemand eine Waffe auf dich gerichtet, du spinnst!" Schnell atmend, versuchte ich aufzustehen, fiel aber vornüber, und hing einen Moment auf allen Vieren. Ich drehte meinen Kopf zu ihr hoch, spuckte noch etwas Blut und fragte unschlüssig:

„Aber du hast doch auch gesehen, dass er so, mit dem Finger über die Kehle gemacht, hat!?"

„Ja, ich wäre auch sauer, wenn jemand mir die Frontlichter kaputttritt!", entgegnete sie aufgebracht. Einige Straßen weiter konnte man schon eine Krankenwagensirene hören. „Du hast eine Grenze überschritten. Wenn du eine Gefahr für dich und andere wirst, muss ich handeln, auch wenn wir Geschwister sind. Bitte geh nicht auf die Notärzte los, ja? Wir wollen dir ja alle nur helfen!"

Ich legte mich wieder in die stabile Seitenlage und verfluchte Britta dafür. Als ob ich einen Rettungssanitäter angreifen würde. Meine Angst galt den Leuten, die in dem Auto saßen, die sich so nah an mich herangewagt hatten, dass sogar meine Schwester sie sehen konnte. Aber es nützte nichts. Sie war blind.... alle waren sie blind.

## Rohrschachmatt?


Auf der Mattscheibe sah man Leonardo DiCaprio die Rolle eines US-Marschalls verkörpern, der auf einer verregneten Insel nach einem verschwundenen Patienten fahndete. Von der Handlung verstand ich nur die Hälfte, und bezweifelte seine Erfolgsaussichten darauf, den Fall zu lösen. Mein Denken war zwar ziemlich verlangsamt, aber mittlerweile hatte ich mich gut auf das Haloperidol eingestellt.

*Ja, dieses Psychopharmakadings hat mir wirklich weitergeholfen. Die Todesangst vor Allem und Jeden, das Gefühl der permanenten Bedrohung ist einer neurochemischen Zwangsjacke gewichen. Hinter dem wattebauschartigen Stand-By-Betrieb meines Hirns entfaltete sich die Welt in platten, entfernten Gebilden aus Gebäuden, hupenden Vehikeln und geschäftig herumwuselnden Menschen, von denen ich mich zuletzt so entfremdet hatte. So zuverlässig sich meine Synapsen dank des Medikaments der Angst entsagten, wurde mir auch die Möglichkeit zur Freude verweigert. Seit fast zwei Wochen wanke ich nun wieder in Freiheit durch die Gegend, zumindest die Zeit abseits der vierzehn, fünfzehn Stunden des Tages, die ich schlafend verbringe. Was auch immer die mir zu Beginn der Einweisung gegeben haben, Holla, die Waldfee... ich weiß gar nichts mehr! Mir fehlten locker ein, zwei Tage. Irgendwann hat ein Arzt auf mich eingeredet, als ich da so sabbernd dasaß. Hat auch ganz überzeugende Argumente gebracht, warum ich wahrscheinlich doch einen an der Waffel hätte... sagte mir, dass meine Birne mir nen fiesen Streich gespielt habe. Dass man mich wegen einer akuten psychotischen Episode in die psychiatrische Klinik eingeliefert hatte. Die ganzen Sorgen seien schlichtweg eingebildet gewesen. Gefahren zu sehen, wo keine seien,* könnte jedem mal passieren. Dann wurde es philosophisch: Er schilderte mir, dass ich mich in einer Identitätskrise befände, die aus gewaltigen verborgenen Existenzängsten hervorgehen würde. Aber das sei primär erst mal halb so wild, ich müsse einfach nur brav weiter meine Medizin nehmen, dann würde das wieder weggehen. Repariert sei ich dann quasi. Und ich musste zugeben, nach Einnahme dieser Pille fürchte ich mich überhaupt nicht mehr. Keine bedrohlichen Dinge wurden mehr wahrgenommen, sie waren weg. Ich zweifelte daran, dass sie je existierten. Scheinbar waren mir scheiß Junkie echt nur die Sicherungen durchgebrannt. Huiiii... müde streckte ich meine Glieder, gähnte und griff zur Kaffeetasse. Hmmm? Ach ne, die war ja schon leer. Mann. Verdammt, fühlte ich mich schlapp! Nichts mehr übrig von der psychomotorischen Unruhe, die meinen zitternden Leib durch die Gegend scheuchte, die den Kopf über die Schultern und die Gardinen zur Seite bewegt hatte. Japp. Zwar schlafe ich jeden Tag bis sechzehn Uhr, und wache eigentlich auch den gesamten Rest des Tages nicht mehr auf, dafür lauern aber auch keine „vermeintlichen Gefahren" mehr hinter jeder Ecke, wenn ich das Haus verlasse. Könnte sogar schwören, dass ich ab und zu, wenn ich zur Substitution wanke, um mir mein Polamidon zu holen, dem Jungen begegnet bin. Aber es war auf einmal wieder völlig normal, ich verdächtigte den kleinen Racker nicht mehr, mir nachzuspionieren. Selbst den BMW habe ich letztens gesehen, kein Problem! Stand halt auch einfach an der Ampel! Ja, mit dem Medikament geht es jetzt viel besser. Mittlerweile bezweifle ich sogar, dass sich in dieser Nacht, seit der ich so einen großen Bammel um meine Haut habe, wirklich alles so ereignet hat. Schließlich war ich auch auf echt miesem Stoff. Ist es nicht wahrscheinlicher, dass sich mein zermartertes Hirn die ganze Nummer zurecht gesponnen hat? Wieso sollten meine verwirrten, alten grauen Zellen, denen ich zuletzt mit dem richtig harten Zeug auch noch die letzten Neurotransmitter rausgequetscht hatte die Sache adäquater und realistischer beurteilen als all die anderen?

Der Handy-Timer bimmelte. Hmmm? Ach so. Die Pizza. Mühsam quälte ich mich vom Sofa auf und schlenderte zum Backofen. Puh, den musste ich echt mal wieder putzen, das roch ja langsam echt... karzinogen. Jaaa! Ja-Pizza! Wieder zurück auf der Couch machte ich den Alarm aus und sah, dass ich eine SMS bekommen hatte. Nanu? Wem war ich denn wichtig? Die Nachricht war von Britta:

*„Hey Bruderherz, ich muss dir was sagen.. so ein Herr Schröder hat mich angerufen, der wollte eine Zeugenaussage von mir zu dem Tag, als du diesen Männern gegen das Auto getreten hast. Gibt es etwas, dass du mir zu erzählen hast? hdl. Britta"*

Genervt legte ich das Handy weg. Wurde Zeit, diese Sache abzuhaken. Keine Lust, das Thema nochmal in allen Details aufzuwärmen... eine ganze Weile verfolgte ich mampfend die Handlung des Films, bis der Nachrichtenton erklang, und das Handy-Display aufleuchtete. Hmmm? Wieder von Britta...:

*„Frank. Da stehen Leute vor meiner Einfahrt, die haben Kapuzen an und beobachten das Haus. Kein Scherz. Ich habe Angst!"*

Fast formte meine vom Neuroleptikum gelähmte Gesichtsmuskulatur ein schwaches Grinsen. Hmmm? Sollte das etwa ein Witz sein? Aber das war doch gar nicht Brittas Art? Denkt sie ernsthaft, ihr Haus wird observiert? Woah!? War dieses „Parandroide Wahrnehmungsdings", oder wie das heißt, war es ... ansteckend? Aber das war doch unmöglich, selbstverständlich können sich Gedanken wie Parasiten in nahestehenden Köpfen einnisten, aber meine Schwester war doch eine überaus gescheite, intelligente Person?

Warum sollte sie? Vielleicht liegt es ja in der Familie!? Aber der Arzt hat doch so gut beschrieben, dass mein um die Existenz besorgter und in die Enge getriebener Verstand nur willkürlich Umweltreize fehlerhaft auf sich bezogen hat! Hmmm? Ein Anruf! Was? Was wollte denn der Jochen von mir um die Uhrzeit? Ich nuschelte:

„Yeah, Franke am Apparat, was gibt's?"

„Frankie!", flüsterte Jochen ängstlich, „...du musst... Frankie, du musst... oh Gott, es tut mir so leid, #Autsch! #Ummpf!" Er klang ziemlich aufgelöst. Sind da noch andere Leute im Hintergrund? Irgendwer tuschelte etwas. Dann hörte man ein metallisches Klicken. Jochen sagte mit bebender Stimme:

„Hör zu... schnüff*... wir müssen uns treffen. Jetzt gleich! Komm so schnell du kannst zur Bushaltestelle hinter REWE!"

„Hmmm, ich weiß ja nicht.", entgegnete ich zögerlich, „...eigentlich wollte ich grad „Shutter Island" gucken!"

„Bitte! Du musst! Ich gerate sonst echt in Schwierigkeiten! Lass mich nicht in Stich, man!"

„Aber was ist denn so dringend, dass es unbedingt jetzt;", begann ich, doch er hatte schon aufgelegt! Mist. Ich pausierte den Film. Eigentlich wollte ich mich doch gleich wieder hinlegen... soll ich ihm seine Knete wiedergeben? Ist das mit Schwierigkeiten gemeint?

Widerwillig hatte ich mich in den Anorak gezwungen, und war von meinen Pantoffeln in die zerlatschten

Turnschuhe geschlüpft. Im Treppenhaus fiel mir dann auf, dass ich meine Geldbörse vergessen hatte. Netter Versuch, Unterbewusstsein.... aber diesmal sollte ich ihm die Knete echt wiedergeben, ich habe Jochen die Tage schon so oft versetzt. Ich vermied den lokalen Drogenumschlagplatz des Viertels, denn es wurde Tag für Tag schwieriger, nicht rückfällig zu werden, und die Konfrontation mit der Meute, die sich um die Bushaltestelle versammelt, wäre zu viel für mein Suchtgedächtnis. Jetzt, um halb eins in der Nacht war sie natürlich wie leergefegt, andererseits hätte ich mich gar nicht dazu aufgerafft, mich mit Jochen zu treffen. Als ich schließlich in die Straße einbog, die quer zur Bushaltestelle und dem Supermarkt lief, steckte ich mir eine Kippe an und freute mich fast schon ein bisschen auf das Wiedersehen. Schließlich hatten wir uns seit dem Tag nicht mehr gesehen, an dem ich so irre auf ihn eingequasselt hatte, in todsicherer Bewusstheit, alles beweisen zu können. Trotzdem wollte ich ihm im Grunde nur schnell die Moneten geben, und dann wieder heim, „Shutter Island" zu Ende gucken. Mir war nicht nach Gesellschaft zumute, außerdem konnte ich wegen des Medikaments einem Gespräch eh nicht folgen, und wenn nur in Zwei-Wort-Sätzen antworten. Gemächlich stapfte ich auf das Bushaltehäuschen zu... darin war eine sitzende Gestalt zu erkennen. Zweifellos trug sie auch Jochens ausgewaschene Kapuzenjacke.

„Huhuuu!" rief ich müde. Jochen regte sich nicht. Im Augenwinkel vernahm ich, wie ein rostiger grüner Renault Twingo neben uns parkte, und zwei Leute ausstiegen. Ich stellte mich vor die kauernde Person und rief nochmal erheblich lauter:

„Heh! Jochen, alter, was gibt's?" War er schon wieder auf Fentanyl? Ihm auf die Schultern tippend, wunderte ich mich noch, wieso die zwei Typen aus dem Auto auf einmal so dicht hinter mir standen. Als ich an seiner Schulter rüttelte, war ich sehr perplex darüber, dass sich unter der Kapuze gar nicht Jochens Gesicht verbarg, sondern das irgendeines x-beliebigen schnarchenden Obdachlosen... Häh? Jochen? Was zum? Bevor mein verdatterter Schädel sich umdrehen konnte, hatte ich das erste Messer im Rücken. Es folgte noch mehr rostfreier Stahl. Mehrere Male durchbohrten die Klingen erst das Futter des Anoraks, dann meine käseweiße Haut und schließlich die inneren Organe. Als ich blutspuckend zusammenbrach, noch kurz das blendende Blitzlicht eines Smartphones sah, das Knallen der Autoreifen und die quietschenden Reifen fern vernahm, hatte ich nur noch einen letzten Gedanken, als es mir wie Schuppen von den Augen fiel:

… die ganze Zeit Recht gehabt zu haben.

Verdammt, ich musste schon wieder pissen. Dieses blöde Billigbier! Mit den klirrenden Pfandflaschen in dem siffigen Turnbeutel stand ich an der Bushalte hinter REWE. Wo blieb er denn? Auf diese Junks war doch kein Verlass! Unruhig klappte ich mein Wegwerfhandy auf. Mittlerweile war es halb vier, dabei wollte er um viertel vor drei hier auftauchen, und mir die Knete wiedergeben...! Weil er mir verdammt miesen Stoff verkauft hatte, diese Ratte! Das war doch bestimmt kein Mannitol, womit das gestreckt wurde! War hier in der Stadt nicht auch gerade mit Levamisol verunreinigtes Kokain im Umlauf? Dieses tiermedizinische Entwurmungsmittel, dessen Abbauprodukte selbst nochmal irgendwie reinknallen?! Kein Wunder, dass er den Beutel so schnell loswerden wollte... Und wie eilig er es auch hatte, wegzukommen! Zum fünften Mal ging nur die Mailbox ran. Oh, wenn ich dich in die Finger bekam, wie konnte man sowas unter die Leute bringen und noch ruhig schlafen? Boah... der kam doch eh nichtmehr. Zwecklos, hier weiter rumzustehen. Meine Blähungen nahmen immer weiter zu, mein Magen spielte verrückt. Ne, ich konnte keine Minute länger entzügig und am Runterkommen in der klirrenden Kälte stehen, und auf ein Arschloch warten, dem ich vorhin am Telefon gedroht habe, eine reinzuhauen, so scheußlich ging es mir von seinem gepanschten Mist. Wie dumm von mir auch! Hatte ich echt gedacht, er würde erscheinen? Vorhin schon, aber da war ich ja auch dicht bis oben hin. Meine Güte, hatte das rallig gemacht auf mehr! Und dann das böse Erwachen, als die ganzen Nebenwirkungen einsetzten! Manche an der Platte haben wohl echt gar nichts mehr zu verlieren... scheinbar musste der Typ sein eigenes verschnittenes Zeug konsumiert haben, jedenfalls hatte ich mich noch gewundert über die ekelhaften, nekrotisch anmutenden Flecken auf seinem Handrücken. Igitt, die habe ich jetzt auch... aua! Puuuuh...

Mein Magen machte blubbernde Geräusche, und ich furzte noch einmal laut... ich konnte es nichtmehr viel länger zurückhalten... oh Mann! Ich schaffte es nicht bis nach Hause! Furzend und gebückt gehend, kämpfte ich mich mit angespanntem Gesichtsausdruck in das dunklere Innere des nächstgelegenen Hinterhofs. Es ging jeden Moment in die Hose! Ich rannte mehr oder weniger mit der Hand am Arsch zum nächsten Müllcontainer, dann knöpfte ich meine verwaschene Jeans auf und ging in die Hocke:

#### #Flaaaatschflatterflatschflatschflatsch.

Halbwegs diskret im Schatten platziert, machte ich einen dünnflüssigen, giftig riechenden Kothaufen ins Gebüsch. Es wollte gar nicht mehr aufhören. Heute war mal wieder ein richtiger Tiefpunkt! Plötzlich ging im Treppenhaus des Gebäudes Licht an, und ich positionierte den Po etwas versteckter, sodass jemand, der zur Tür rauskam, diesen neuen Extrempunkt der Selbstentwürdigung nicht sehen würde. Auf einmal bog ein Fahrzeug in den Hinterhof ein und hielt einige Meter vor der Tür. Ich riskierte einen kurzen Blick hinter dem Container hervor, und sah einen protzigen, aufgemotzten weißen BMW. Im Auto lief arabisch klingende Rap-Musik. Es war nicht einfach, den Schließmuskel zu kontrollieren, aber ich hielt an mich, denn die Tür des Hauses öffnete sich. Schritte erklangen, die jedoch auf einmal stoppten. Zwei der Autotüren öffneten sich, und knallten synchron wieder zu.

„Na, Bruda, wo willst du hin, häh?", fragte eine aggressive Stimme. Die Person, die in der Nähe der Tür stand, antwortete zögerlich:

„Yo alter! Damit hab isch nisch gerechnet, man! Also, dich zu sehen...! Häh, isch hab gedacht, du wärst im Knast, Bro?!"

„Mir geht's prächtig, du Lauch. Keine Ahnung, was du für ein Gelaber gehört hast... ey, isch war jetzt drei Wochen weg, und was muss isch mir anhören, wenn isch zurückkomm, digga? Dass du jetzt dein eigenes Ding drehst, kaum bin ich raus aus der City? Yalla, du mieser Hurensohn! Willst du mich ficken, oder was!?"

Das Gegenüber bei der Haustür, dass einige Jahre jünger als der andere sein musste, sagte eingeschüchtert:

„Hey, Jungs! Das ist'n Missverständnis... isch hab echt gedacht, du wärst im Knast, man!"

„Halt bloß die Fresse!", knurrte ein dritter Beteiligter.

„Hassan, du kleine Mistgeburt, selbst wenn Murat im Gefängnis wäre, gäbe dir das noch lange nisch das Recht, loszulaufen, und irgendwelche Deals mit den Kurden zu machen... wie kannst du, Jonge!? Du weißt genau, dass der Clan Stress mit denen hat, du Fotze! Hast du gar keine Ehre!?" Angespannt und mit noch immer heruntergelassener Hose hockte zitternd hinter dem

Müllcontainer, und traute mich nicht, mich auch nur einen Zentimeter von der Stelle zu bewegen. Scheinbar waren diese Leute nicht ganz ungefährlich...

„Hasan, du mieser Verräter!", brüllte einer der Typen, die aus dem Auto gestiegen waren. „Was hast du dazu zu sagen, du Nutte?"

Der Junge stotterte vor Angst:

„Heh... isch... wei-weiß... isch weiß... e-echt nisch... wawas du meinst, Bruda! Das... muss... ei-ei-ein... Irrtum sein! Ey, bitte tut mir nischts"

„Dein Ernst?", konterte jemand, und die beiden aus dem Auto lachten mitleidig.

„Willst du uns auch noch anlügen? *Ya Charra,* man! Du bist eine Schande für deine ganze Familie! Aber nisch mit uns! Hast du deine Rechnung ohne den Al-Khaled-Clan gemacht, Walla, und dafür wirst du büßen! *Ibn el kalib! Harami!"*

„Neeein, nein, nein! Lasst misch doch erklären! Was hast du mit der Knarre vor, du willst doch nisch etwa, bitte isch;"

#Zip.Zip.Zip.

Eine schallgedämpfte Pistole brachte denjenigen, dem die Kerle aus dem Auto aufgelauert waren, zum Schweigen. - Mir stockte der Atem. Wurde da wirklich gerade jemand erschossen? Vorsichtig lehnte ich mich einen Spalt breit aus der Deckung und sah einen am Boden liegenden, blutenden Mann in Jogginghose und zwei muskulöse Typen in Lederjacken, die zu dem parkenden Auto zurückschlenderten. Einer der beiden drehte seinen Kopf in meine Richtung. Reflexartig zog ich meinen ein, wobei mir eine Pfandflasche aus dem Beutel fiel, die nun lautstark in die Richtung der Killer kullerte! OH KACKE! Nicht doch!

„Häh, was war das? Ist da wer!?", rief einer der beiden. Plötzlich kamen Schritte in meine Richtung. Mir rutschte das Herz in die Hose: Auf einmal stand ein fast zwei Meter großer Knochenbrecher mit Tätowierungen im Gesicht und hasserfüllt starrenden Augen, die mir das Blut in den Adern gefrieren ließen, über mir. Er sagte verblüfft:

„*Weld el cawa!*" Sich zu dem Auto drehend, brüllte er:

„Huna shahid eelaa alquatl!"

„Ey, Murat, was ist los?", fragte der andere. Der Typ, der über mir stand, antwortete:

„Ey, isch schwöa… kein Plan, hier ist son Penner… walla, beim Scheißen gewesen, der hat alles mitbekommen, diggi!" Ohne lang zu fackeln, holte er seine schallgedämpfte 9-Milimeter-Pistole aus der Jacke. Ich hielt mir die Hände vors Gesicht und stieß in Todesangst aus:

„Neeeein, neeeein, nicht!"

Er entsicherte und spannte den Hahn.

„HILFEEE! HILFEEEEE!", brüllte ich lautstark, und rollte mich zur Seite. Auf irgendeinem Balkon fing ein Hund an zu bellen, anderswo ging Licht an. „Hey, scheiß auf den! Komm lass ma schnell abhauen!", brüllte der andere und riss die Autotür auf. Der Mensch, der mir eine Waffe ins Gesicht hielt, fluchte, sicherte sie, ließ sie in die Jacke gleiten, und rannte zum Auto. Beide Autotüren knallten zu, und mit quietschenden Reifen bretterte es los, und sauste aus dem Hinterhof heraus. Verdattert zog ich meine Hose hoch, und stolperte hinter dem Müllcontainer hervor. Wie im Traum ging ich auf den angeschossenen Mann zu, der regungslos in seiner Blutlache lag. Er atmete nichtmehr, und seine Augen waren weit aufgerissen, die Todesangst des letzten Augenblicks stand ihm noch ins Gesicht geschrieben. Völlig außer mir, ließ ich ihn links liegen, und fing an, loszulaufen. Ich rannte und rannte, an der Sparkasse vorbei, sprintete vorbei an der Tankstelle, und erst, als ich mehrere Blocks hinter den Schauplatz des Verbrechens und mich gebracht hatte, hörte ich mit dem Rennen auf. Als ich endlich zuhause in meiner 1-Zimmer-Wohnung war, ging ich wie ferngesteuert unter die Dusche und legte mich ins Bett, wo ich bis zum Anbruch des Morgens mit aufgerissenen Augen dalag, bis mich endlich der Schlaf übermannte. *Diese Geschichte würde mir doch bestimmt niemand abkaufen...*

## *Schattentransplantation*

„Na, du heute auch wieder Nachtschicht?", fragte Olli rhetorisch, um die kurze gemeinsame Wartezeit im Fahrstuhl zu überbrücken.

„Nee, ich bin freiwillig und aus Jux und Dollerei hier um...", kurz schaute ich auf mein Diensthandy, „...um 3:54 Uhr in diesem gottverdammten scheiß Krankenhaus!"

„Und, ist viel los? Was machst du, ZNA? Oder Chirurgie?" An diesem Tag hatte ich einfach keine Lust auf belanglosen Small Talk mit Kollegen und brummte knapp:

„Puh, fast wünschte ich, es wäre etwas los. Drei Patienten habe ich heute transportiert. Und die Notaufnahme ist schon fast leer." Im Erdgeschoss rollte ein schnaufender, wirklich fettleibiger Mann im Rollstuhl zu uns hinein. Kurzes Schweigen. Er musste im ersten Stock raus, und so machte ich dem nach Luft schnappendem Diabetiker Platz. Olli sah mich mit einem verschmitzten, nur halb unterdrückten Grinsen an, und flüsterte:

„Der braucht doch eigentlich gar keinen Rollstuhl mehr zum Rollen, die fette Kugel." Zustimmend schmunzelte ich. Es war genau diese Art von makabrem, menschenverachtendem Humor, welchen Notärzte, Chirurgen, Pathologen (VOR ALLEM DIE), Pflegekräfte und sonstiges Klinikpersonal, die einer viel zu großen Dosis menschlichen Leids ausgesetzt waren, als überlebenswichtiges Ventil zur Psychohygiene brauchten, um den Arbeitstag überstehen zu können. Langsam fand ich es zunehmend schwerer, über solche Witze, die ja immerhin das komplette Schicksal eines kranken Zeitgenossen thematisierten, nicht zu lachen.

„Ruhigen Dienst!", floskelte Olli, und stieg im dritten Stock aus. Einen Moment starrte ich noch auf einen Sonographen, den man auf dem Gang der Station abgestellt hatte. Dann erkannte ich, neben meinen müde umherblinzelnden Augen, unter denen Tränensäcke von den vergangenen Nachtschichten zeugten, dass ich noch gar nicht gedrückt hatte. Erst, als der Knopf mit der Nummer 5 betätigt worden war, schlossen sich die Fahrstuhltüren. Im fünften Stock angekommen, meldete ich mit dem Diensthandy meinen Standort, und drückte den aktuellen Auftrag auf „Am Abholort". Es war auf Station fast stockdunkel. Nur spärliches grünes Licht verwies auf den Notausgang, bis auf dem Zimmer der Stationszentrale war nirgends Licht an. Vom Personal war nirgendswo etwas zu sehen. Auch in der Stationszentrale waren keine Kollegen, doch die Unterlagen des Patienten lagen bereits auf dem Schreibtisch. Da auch keines der Zimmerlämpchen leuchtete, war die diensthabende Pflegekraft wohl ihre Nikotinsucht befriedigen, oder hatte ein anderes Bedürfnis. Wenig später öffnete sich die Tür zum Treppenhaus, und als ich mich umdrehte, sah ich eine in blaue Bereichskleidung gehüllte Schwester auf mich zu laufen.

Sie rief direkt:

„Na, wen willst du abholen?" Sicherlich waren meine Arbeitsroutinen dank der blauen Hose und dem weißen

Oberteil hier im Moloch von weitem sichtbar, jeder sollte mich als Patiententransporter erkennen. Ähm, wie hieß mein Patient noch gleich? Man, bin ich müde! Kurz schielte ich auf mein Diensthandy und räusperte mich und entgegnete:

„Der Herr Beckmann... soll operiert werden. Zimmer Nr. … öhm...", kurz blickte ich noch einmal auf das Display, „...Nummer 504!"

„Genau." sagte die Pflegerin, und ich schaute in ihr rosig strahlendes Gesicht. „Das Zimmer beim Fahrstuhl. Unterlagen hast du ja schon in der Hand!"

„Musst du noch irgendwelche EKG-Kabel oder andere Strippen abmachen, oder kann ich ihn so mitnehmen?", fragte ich. Sie antwortete:

„Nein, sowas braucht der alles nicht. Der ist topfit bis auf seine Sportverletzung. Ihr könnt los." Auf einmal piepte es lautstark, drei Räume weiter leuchtete ein rotes Licht über der Tür und die Kollegin eilte zu der Tür, hüllte ihren Körper in Schutzkleidung, setzte den Mundschutz auf und verschwand hinter der Zimmertür mit der Aufschrift:

„Isolation - vor Betreten bitte beim Pflegepersonal melden"

Mir müde die Augen reibend, trottete ich zu dem Zimmer Nummer 504, und zog mir die blauen Gummihandschuhe an. Nach einem behutsamen Klopfen trat ich hinein, und knipste das Licht an. Es war ein Zweibettzimmer, und da die Person an der Tür ein älterer

Herr war, der auf einen Dauerkatheter und einen Sauerstoffschlauch angewiesen war, konnte es sich bei ihm nicht um meinen Patienten handeln. Ein Bett weiter schnarchte ein junger blonder Kerl, er drehte sich unruhig in meine Richtung und lag dann mit offenem Mund da. Vorsichtig tippte ich ihn an der Schulter an. Er rührte sich nicht. Ich stieß ihn nochmal an. Keine Reaktion.

„Hallo, Herr Beckmann!", flüsterte ich ungeduldig und zog an seinem Ärmel. Er registrierte mich nicht. Meine Fresse, der Kerl hatte vielleicht einen tiefen Schlaf! Ich packte ihn an der Schulter, und rüttelte den derzeitig zu befördernden Menschen so lange durch, bis ich sein Gehirn aus der Tiefschlafphase herausgeholt hatte. Verschlafen blinzelte der Patient mit den Augen und stammelte schlaftrunken:

„Ja, Hallo? Wa... was ist denn los?"

„Guten Morgen, Herr Beckmann! Träger Tim mein Name. Ich soll Sie zu ihrer Operation bringen.", verkündete ich routiniert. Seine Augenbrauen schnellten nach oben, und er fragte verwirrt:

„Was, wie bitte? Ich dachte, ich sollte erst Vormittag operiert werden?"

Jetzt war ich selbst ein wenig verdutzt.

„Mein Diensthandy sagt aber etwas anderes!", entgegnete ich bestimmt.

Stirnrunzelnd murmelte er:

„Das ist ja mal wieder typisch Uni-Klinik! Naja, egal...
dann habe ich es wenigstens hinter mir!" Ich blätterte in
den Unterlagen und fand die präoperative Checkliste und
begann die Prozedur:

„Also, diese Fragen hat man Ihnen bestimmt schon
einmal gestellt, doch aus Gründen der Formalität muss
ich nochmal alles abgleichen, bevor wir losdüsen können!
Fangen wir ganz vorne an... sie sind natürlich auch Jonas
Beckmann, geboren am 3.11.1999?" Er nickte verschlafen
und ich sah, dass die Daten denen auf seinem
Patientenidentifikationsbändchen entsprachen, und
machte ein Häkchen unter „Patientenidentität aktiv
geprüft" und fuhr fort:

„Also, Herr Beckmann, sie haben weder etwas gegessen
noch etwas getrunken, sind also nüchtern, ja?" Er hatte
die Augen verschlossen, und war kurz davor, wieder
wegzunicken. „Herr Beckmann! Sind Sie nüchtern?" Er
fuhr erschreckt hoch, und als sein Gehirn sich wieder in
die Situation eingeklinkt hatte, erzählte er benommen:

„Äh, ich weiß nicht so ganz! Ich... krieg die Augen kaum
auf, bin breit wie ne Flunder! Uff... ich glaub... die haben
mir irgendwas gegeben!"

„Irgendwas gegeben?", fragte ich.

„Jaaa... abends kriege ich normalerweise sone
Schmerztablette, wegen dem Knie... aber gestern sah sie
anders aus, ne lange, große Kapsel... statt... anstatt der
normalen Pille." Er hatte große Mühe, sich zu
artikulieren. Vielleicht ja die Prämedikation? Ich machte
ein Häkchen. Hauptsache, er hat sich nicht den Wanst

143

vollgeschlagen vor dem Eingriff. In Ordnung... nächster Punkt:

„Herr Beckmann!" wieder musste ich an seinem Ärmel zerren, um ihn bei Bewusstsein zu halten.

„Wurde ihr OP-Gebiet markiert? Haben sie ein Kreuzchen?" Er hob die Decke ein wenig und verwies auf sein bandagiertes Knie, über dem ein kleines Kreuz zu sehen war.

„Ja, das ist das eine... und das andere ist...ähem...", lallte er und sah unschlüssig an seiner Seite herunter.

„Was soll das heißen, das andere Kreuz? Normalerweise kriegt man bei uns nur eine Operation auf einmal!"

Ein wenig aus dem Konzept gebracht, fing er an zu schildern:

„Ja, ich hab mich auch gewundert. Ich soll ja eigentlich am Knie operiert werden. Aber ich könnte schwören... häh, oder habe ich das nur geträumt? Ne, das hat sich doch... halt, hier! Hier ist das andere!" Er zeigte auf eine Stelle unter den Rippen, wo man tatsächlich ein winziges Kreuz sehen konnte.

„Gestern Abend, kurz nachdem ich eingeschlafen war... da kam ein grün angezogener Chirurg herein, der bei dem eigentlichen OP-Aufklärungsgespräch nicht dabei war. Er faselte irgendwas von wegen „...kurz noch was nachbessern...", und nachdem er das kleine Kreuzl gemacht hat, ist er denn auch wieder weg."

Aha. Das kam mir ehrlich gesagt, merkwürdig vor, aber wer war ich, mir darüber Gedanken zu machen. Schließlich war ich doch nur ein klitzekleines Rädchen hier im Krankenhausgetriebe, mir stand es nicht frei, die Entscheidungen irgendwelcher Chirurgen anzuzweifeln. Die werden schon wissen, was sie tun. Ein weiteres Häkchen wurde gesetzt. Alles klar, denn ist die OP-Aufklärung ja auch schon gelaufen. Beim Durchblättern fand ich das vom Arzt unterschriebene Standardformular, welches zur OP-Einschleusung auf jeden Fall benötigt wurde. Hier folgte der vorletzte Haken. Jetzt fehlte nur noch eine Spalte in der Checkliste. Etwas stutzig blätterte ich durch den Ordner. Häh? Aber das muss doch hier irgendwo sein! Lauter Kurven, Laborergebnisse, aber nirgendswo der Anästhesie-Aufklärungsbogen. In der Hoffnung, ihn übersehen zu haben, blätterte ich noch ein zweites und drittes Mal, doch die Erkenntnis, dass es wirklich nicht vorlag, setzte ein Gefühl des Unbehagens in der Magengrube frei. Das war noch nie vorgekommen, was mache ich denn jetzt? Herr Beckmann fragte in mein krampfhaftes Zettelgewühle hinein und fragte:

„Ist alles in Ordnung? Können wir los?"

„Japp, kann gleich losgehen! Muss mich nur noch um sonen blöden Zettel kümmern! Sie wissen ja, inner Bundesrepublik geht nix ohne die dreifache Portion Bürokratie! Wollen ja, dass alles nach Vorschrift läuft, nää." Irritiert hetzte ich aus dem Zimmer, um die Schwester zu fragen. Ohne dieses Stück Papier konnte ich den jungen Herrn auf keinen Fall mitnehmen. Das Lämpchen leuchtete jetzt über einer anderen Zimmertür, ohne Warnschild, ich war froh auf den grünen Kittel und den Mundschutz verzichten zu können, zaghaft klopfte ich und öffnete die Tür mit dem Ellenbogen. Die Kollegin mit der Bettpfanne in der Hand hob den Kopf und wollte mit einem Naserümpfen wissen:

„Puuh... was willst du? Siehst ja, hab grad zutun!"

„Weißte, wo der Anästhesie-Äufklärungswisch von dem Herrn Beckmann is? Der is nich inner Akte drinne." Ihr Stirnrunzeln intensivierte sich, und sie antwortete ungläubig:
„Was? Ne, der muss da irgendwo sein!"

Ich widersprach.

„Isser aber nich... öh, so kann ich den Herrn Beckmann auf keinen Fall mitnehmen."

„Häh, müsste da doch eigentlich in dem Ordner sein!", herrschte sie mich an. Wieso war die Kollegin denn auf einmal so gereizt? Ich wollte doch nur meinen Job richtig machen. Vielleicht kratzte das angeblich fehlende Formular am Gerüst ihres Pflichtbewusstseins, und die herbe Anschuldigung einer niederen Bettenschubse wie mir triggerte Dominanzgehabe ihrerseits.

„Hast du auch richtig nachgeguckt?", fragte sie mit forschendem Blick. Halb im Verteidigungsmodus, die Beine fest im Boden verankert, antwortete ich:

„Freilich, ich hab's jetze fünfmal durchgeblättert. Sonst würde ich nicht deine kostbare Zeit beanspruchen."

„Ach warte!", sagte sie plötzlich. Dann sah man in dem Seitwärtsrollen ihrer Augäpfel, dass sie innerhalb ihres

146

neuronalen Netzes nach einer Erinnerung suchte, nach einem winzigen Schnipsel Ereignis innerhalb ihrer Schicht, einem unbedeutend wirkenden Satzfetzen, der im Arbeitsstress untergegangen war, und nur im jetzigen Moment noch einmal relevant wurde. Sie sagte erleichtert:

„Ach ja, da war ja was... die OP-Abteilung hat ja vor ein paar Stunden angerufen und meinte, dass die Aufklärung diesmal unten in der Schleuse laufen würde... sorry, das habe ich voll vergessen! Du kannst ihn so mitnehmen."

„Kein Problem. Ich wünsche dir nen ruhigen Dienst!", sagte ich mit Blick auf die geplante Ankunftszeit, knallte die Tür wieder mit dem Ellenbogen zu, desinfizierte Hände und Arme, und bezweifelte mit Blick auf die blinkenden Lämpchen und surrenden Klingeln der hilfesuchenden Patienten, dass ihre Nachtschicht ruhig verlaufen würde.

Als ich den schnarchenden Herrn Beckmann in den Fahrstuhl hineinschob, holte ich die Statusaktualisierung unseres Transports nach. Nachdem ich auf „Begonnen" geklickt hatte, drückte ich auf OPZ 1 und lehnte mich mit geschlossenen Augen zurück. Wenigstens begegnete man nachts weniger Mitmenschen und eine klitzekleine Verschnaufpause war drin. Ich überlegte, ob ich nach diesem Auftrag einen Personalaufenthaltsraum zum Füßehochlegen aufsuchen sollte. Nichts sprach dagegen. Das Öffnen der Fahrstuhltüren riss mich aus dem Sekundenschlaf, und ich schob das Krankenbett über die Schwelle. Vor der Brandschutztür langte ich gewohnheitsmäßig in meine Brusttasche, doch mein Zeitarbeiterarsch hatte ja keine Ersatzkarte ergattern können. Also drückte ich den Knopf. Ein paar Momente später erklang eine weibliche Stimme aus der Freisprechanlage:

„#Brrrz... Schwester Linda, hier ist der Aufwachraum?"

„Der Patiententransport is' hier! Ich wollte den Herrn Beckmann zu seiner OP bringen!", antwortete ich.

Aus dem Lautsprecher drang:

„Was? Ach so. Na dann hereinspaziert!" *#Surr...* Ich schob den Herrn Beckmann durch die sich aufklappende Tür. Vor der Schleuse stand jemand vom Sicherheitsdienst. Hmmm, patrouillierten die nicht normalerweise immer zu zweit? Den Kerl habe ich hier auch noch nie gesehen! Und was für ne Gestalt! Ich mein, viele Security-Unternehmen rekrutieren aus dem Rockermilieu, aber der Typ hier? Er sah aus, als sei er ohne Umwege aus seiner Hells-Angels-Kneipe mit dem Motorrad zur Arbeit gebrettert. Vielleicht lag es an seinem White-Power-Fadenkreuz auf dem Unterarm. Oder den riesigen, geweiteten Pupillen. Outsourcing hin oder her, ich konnte mir wirklich schwer vorstellen, dass die Universitätsklinik diesen Menschen wirklich eingestellt hatte. Mit verschränkten Armen baute er sich vor mir auf, linste auf meine Brusttasche, wo eigentlich mein Dienstausweis sein müsste, und sagte mit drohendem Tonfall:

„Abend, Freundchen! Wo ist denn deine Mitarbeiterkarte?"

Was sollte denn die bescheuerte Scherzfrage, der müsste

doch wissen, dass viele Zeitarbeitsheinis bei uns im Transport herumlatschen...?

„Existiert nicht.", antwortete ich knapp.

„Leiharbeitsfirma. Aber seid ihr nicht auch von „Nord-Secure"?"

Irgendwas regte sich in ihm. Er strich sich irritiert über die Glatze.

„Ach ja, ich vergaß. Man sieht ja auch immer mehr Kanaken im Personal. Ich bin übrigens der Torben.", sagte er und reichte mir die Hand mit einem herausfordernden Blick. Mein Unbehagen, wo auch immer es herkam, wuchs weiter an. Nach dem Registrieren deiner Dienstkleidung und dem dahingehenden Ausbleiben einer Identifizierung als Eindringling schauten einen diese Muskelprotze mit dem Arsch nicht weiter an, es sei denn man war eine kleine süße Schwester...

„Öhm, grüß dich, Torben.", sagte ich zögerlich und drückte eine Hand, die meine fast zerquetschte. Mit hochgezogenen Augenbrauen forschte er:

„Und dein Name? Wie heißt du?" Warum will er das wissen, was geht ihn das an? Völlig perplex antwortete ich:

„Tim heiße ich! Wieso interessiert dich das?"

„Ach nur so! Und dein Nachname?"

Langsam wurde es wirklich unangenehm. Wer ist dieser Typ? Kurz sah ich zu dem schlummernden Herrn Beckmann herüber und dann wieder in das Gesicht des furchteinflößenden Riesen und gab an:

„Jensen! Tim Jensen, heiß ich, wieso? Au, das tut weh!"

„Also gut!", knurrte der Kerl und ließ meine Hand los, nachdem er sie zuletzt fast zerdrückt hatte. Ich hielt sie fest, wich einen Schritt zurück und fragte ihn etwas eingeschüchtert:

„Sag mal, patrouilliert ihr um die Zeit nicht eigentlich über die Stationen, oder auf dem Klinikgelände herum? Hier in der OP-Abteilung und im Aufwachraum ist doch gar nichts mehr los!"

Er verschränkte die Arme und sagte in einem bedrohlichen Ton:

„Nee, ich soll hier heute Nacht einfach nur gewährleisten, dass alles glattgeht, kapiert?" Er sah mich mit hochgezogenen Augenbrauen und einer mich total unter Druck setzenden Art an und fragte noch einmal mit wesentlich mehr Dampf in der Stimme: „Hast du das kapiert?"

„Ähm, ja schon klar, hab' ich!", stammelte ich verwirrt. „Ich... werde dann mal die OP-Koordination anrufen, dass wir da sind...", fügte ich beklommen hinzu und schlich zum Wandtelefon.

„Nicht nötig!", bellte der dubiose Kerl vom Sicherheitsdienst. „Sie kommen gerade."

Ich linste durch das Bullauge und sah, dass die andere Tür zum OP-Bereich sich aufschob, und drei in grüne Bereichskleidung gehüllte Mitarbeiter einen Operationstisch hereinrollten. Sobald die Tür hinter ihnen sich wieder geschlossen hatte, drückte ich mit Angstschweißperlen auf der Stirn den anderen Türknopf, weil ich so schnell wie möglich diesem gruseligen Torben entkommen wollte.

„Also dann!", sagte ich zögerlich. „Man sieht sich!"

„Och, keine Sorge! Ich werd die ganze Zeit hierbleiben!", sagte er bestimmt, und konnte sich nicht verkneifen, kurz trocken zu grinsen. Ich schluckte und schob das Bett in die OP-Schleuse hinein. Was sollte denn das wieder für ne' blöde neue Vorschrift sein? Egal. Kurz drehte ich mich nochmal um, und sah durch das Bullauge diesen Security-Typen, und wie er mir provokant zuwinkte, mit einer gehörigen Portion Wahnsinn in den Augen. Dann drehte ich mich um zu den Kollegen. An der anderen Schleusentür stand ein Mann, der locker als Torben Bruder durchgehen konnte. Auch er hatte die Statur eines Wikingers, verfassungsrechtliche Grauzonen auf den Armen tätowiert, doch trug er statt Glatze eine lange blonde Mähne, die in sein für einen OP-Pfleger viel zu grimmig schauendes Gesicht herein hingen. Neben ihm eine übertrieben geschminkte Chirurgin, die einen verunsicherten Eindruck machte, nervös an ihrem Stethoskop herumfummelnd, und immer wieder zu dem Dritten im Bunde hinüberschielend, eine hagere Gestalt mit bleicher Haut, die sich grade Einweghandschuhe über die Hände streifte. Er erwiderte schließlich ihr Blickgesuch, und nickte dann kaum merklich. Sie holte tief Luft, strich sich eine Strähne aus dem Gesicht, trat einige Schritte vor, rüttelte am Arm des schnarchenden Herrn Beckmann und sagte vorsichtig:

*„Ja, Challo, Herr Beckmann! Gleich geht es weiter mit ihren OP. Meine Name ist Dr. Nadeschka Jublenko."*

Verstohlen schielte ich auf die Mitarbeiterkarte, die auf ihrem irgendwie... überdimensionalen Busen heftete. Da stand auch wirklich der Name. Nur ihr hochhackiges Schuhwerk passte hier wirklich nicht rein? Generell, wieso trug niemand die sterilen Puschen aus Kunststoff? Sie sah etwas beunruhigt zu den anderen beiden herüber, als ob sie für ihre Äußerung Zustimmung erwarten würde. Der dünne Kerl, der wirklich so blass wie eine Leiche aussah, nickte noch einmal, sah mir in die Augen und erkundigte sich:

„Was meinst du, kommt der da allein rüber, oder brauchen wir ein Rutschbrett?"

„Nein, das sollte der hinkriegen, glaube ich. Ist nur ein wenig erschöpft oder so. Pennt andauernd ein."
„Mhmmm.", murrte der Dürre und hob kurz den Arm des Patienten hoch, um das Band zu überprüfen. „Sonst ist dir aber nichts aufgefallen, oder?", fragte er aufdringlich und sah mich kühl analysierend an. Ein Schauer lief mir über den Rücken.

„Was, nein... ich äh... doch, eine Sache wäre da noch!"

„Was?", fragte er kalt. „Welche Sache wäre noch?" Ich nahm Haltung an, Bauch rein, Brust raus, und ratterte routiniert, und doch irgendwie verängstigt meinen Rapport herunter:

„Patientenidentität wurde aktiv geprüft, und auch, äh... auch die OP-Markierung ist erfolgt. Er ist nüchtern und die Aufklärung für die OP ist auch gelaufen... nur äh, das;"

„Das was?", fuhr er mir ins Wort.

„Die Narkose-Aufklärung sollte ja hier unten laufen, angeblich. Da war nämlich kein Zettel für in der Akte... #hust." Mit zitternder Stimme überreichte ich ihm den Ordner. Er riss mir die Mappe aus den Fingern, blätterte sie durch bis zu dem Transportprotokoll, welches ich unterschrieben hatte, klappte das Ding zu und legte es beiseite, mich herrschsüchtig anstarrend, ganz so, als wollte er mir noch eine drohende Botschaft mitteilen. Mir wurde auf einmal total anders. Mein Herz raste, und mir wurde schlecht. So oft mir auch in diesem Job die Vergänglichkeit des Homo Sapiens in Form frisch Verstorbener vor die Nase gehalten wurde, hin und wieder begegnete man jemanden vom Personal, dem der Totenschädel hinter der Gesichtshaut noch markanter hindurchschimmerte als mancher Leiche. Doch hier war noch etwas anderes, irgendwas sagte mir, dass diese drei hier, und der Kerl vom Sicherheitsdienst etwas zu verbergen hatten. Waren das hier wirklich reguläre Angestellte des UKSH? Das dürre, bleiche und halbtot aussehende Exemplar vor mir versprühte eine dermaßen gefährliche Aura, ich war mir ziemlich sicher, dass er sein Geld eher mit dem Töten anderer Leute als mit ihrer Behandlung verdienen musste. Ein Blitzlicht, zwang mich, mich intuitiv umzudrehen. Schnell packte der Security-Hüne sein Handy weg. Hatte der mich grade echt fotografiert? *Wie is'n das? Habe ich wieder irgendeine neue Vorschrift nicht mitgekriegt? Aber das geht doch allein DSGVO-*

*mäßig überhaupt nicht klar! Was ist denn hier eigentlich los, geht wirklich alles mit rechten Dingen zu?* Fassungslos drehte ich mich wieder zu den anderen Anwesenden, die scheinbar nicht so das große Problem damit hatten, fotografiert zu werden.

„Habt ihr das gesehen?", fragte ich ungläubig.

„Was gesehen?" brummte der langhaarige OP-Pfleger.

Mit großer Verunsicherung in der Stimme sagte ich:

„Äh, ich glaub der Typ vom Sicherheitsdienst hat grade ein Foto von uns allen gemacht."

Die Chirurgin säuselte mit ihrem knallroten Kussmund:

„Das musst du dir… eingebildet haben."

Der andere Kerl sah mich mitleidig an und meinte:

„Wir sind wohl alle ein bisschen müde. Würdest du kurz mit anpacken?" Routiniert rollte er den Operationstisch bündig an das Krankenbett heran, drückte bei beiden die Bremse runter und ließ den Tisch auf Höhe des Bettes hinab. Erwartungsvoll sah er mich an, ich war ein wenig von der Rolle, weil der Anästhesist so ein tonangebendes Verhalten an den Tag legte, was ja eigentlich der diensthabenden Chirurgin vorbehalten sein müsste.

„Klar, geht los!", spurte ich, und während der grimmige Wikinger Herr Beckmanns Beine hochhob, schoben der Anästhesist und ich den bewusstlosen Sportstudenten an den Schultern auf den Operationstisch. Ich wischte mir den Schweiß von der Stirn und flüsterte:

„Viel Erfolg bei der Narkose-Aufklärung. Der ist von der Prämedikation so weggeballert, ich musste ihn vorhin bestimmt fünfmal wecken…" Der Totenschädel im fahlen Fleischgewand sagte nur bestimmt, nicht ohne eine bedrohliche Prise Befehlston in der Stimme:

„Du, das lass mal lieber unsere Sorge sein! Außerdem: Steht man hier im Krankenhaus nicht eh immer mit einem Bein im Knast?" Zögerlich wich ich seinem Blick aus, denn auch die sexy Chirurgin und der Wikinger marterten meinen Verstand mit ihrem ungläubigen Blick und seinen fletschenden Zähnen und der schnaubenden Nase. Es zog mir den vertrauten Fußboden unter den Füßen weg.

„Da habt ihr nicht ganz unrecht…", stimmte ich mit hoher Piepsstimme zu. Hastig griff ich unter die Matratze und entfaltete die Abdeckfolie, und warf sie nach Zusammenlegen der Bettwäsche über das nun geleerte Krankenbett, wobei ich immer wieder verschreckt zu den mich beobachtenden Gesichtern schaute. Mit verschränkten Pranken antwortete der große Blonde:

„Du kannst jetzt gehen."

Wie gern ich das hörte!

„Alles klar! Wird gemacht! Alles Gute!", nuschelte ich in Patientenrichtung und hastete zum Türknopf.

„Eine Sache wäre da noch!", rief der Anästhesist. Geschockt drehte ich mich um.

155

„Jaaa?" „Die Sache mit dem Aufklärungsbogen, bleibt unter uns, ja? Hast du verstanden?"

„Ähm, na klar!", resümierte ich. So schnell wie dieses hatte ich noch kein Bett durch die Tür geschoben. Draußen begegnete ich einem im Flüsterton telefonierenden Torben. Mit dem Rücken zu mir tuschelte er in das Smartphone, welches mutmaßlich kurz zuvor ein Bild von mir geschossen hatte:

„Nee, ich glaub, der hat genug Bammel. Hmmm? Ja, wird gemacht!" Als ich an ihm vorbei hetzen wollte, nachdem ich das Bett für die Wäscherei an der Wand geparkt hatte, stellte er sich mir in den Weg, plusterte sich auf und fragte aggressiv:

„Uuuuund, Tim? Ist alles nach … Plan gelaufen? Man brauch sich doch bei dir keine Sorgen machen, dass du zu viel Pflichtbewusstsein besitzt, und irgendwelche Unregelmäßigkeiten meldest, oder?" In die Enge getrieben, sagte ich:

„Häh... Unregelmä-...öhm… nö, nope. Alles paletti."

„Gut.", fuhr er fort und knackte mit den Knöcheln. „Weißt du, manchmal kann eine lebensverlängernde medizinische Maßnahme auch darin bestehen, dass man seine Schnauze halten kann."

Weg! Schnell! Schnell weg!

Als die Fahrstuhltüren sich wieder schlossen, sah ich, wie Torbens Hände das Mobiltelefon wieder an sein Ohr hielten.

Ungewöhnlich. Mehr als ungewöhnlich. Normalerweise fielen mir meine Augen während der Nachtschicht automatisch zu, wenn das Diensthandy mich länger als eine dreiviertel Stunde nicht zu einem Auftrag scheuchte. Erst recht, wenn es die sechste Nachtschicht in Folge ist. Doch dieses Mal war es anders... so anders. Fast zwei Stunden waren vergangen, seitdem... seitdem...? Oh Gott, es fiel so schwer, zu denken! Ich wurde das ungute Gefühl nicht los, in eine wirklich kriminelle Sache hineingezogen worden zu sein. Mehrmals hatte ich überlegt, in der Disposition des Patiententransports anzurufen. Doch dann fielen mir Torbens Worte ein. *Von wegen, lebensverlängernde Maßnahmen… undso…* warum wollte er unbedingt meinen vollen Namen wissen? Hatte er deswegen so zornig gefragt, wo mein Mitarbeiterausweis war Verdammt, hatte ich meinen Patienten unbemerkt direkt zur Organmafia oder Schlimmerem geschoben? Ich schluckte, und sah auf mein Diensthandy. Puh. 5:46 Uhr... Wenigstens hatte ich Feierabend. Konnte es kaum erwarten, die Dienstkleidung in den Wäschekorb zu knallen, das Klinikgelände zu verlassen, und wie sonst auch krampfhaft zu versuchen, nicht an das auf der Arbeit Erlebte zu denken. Was wie immer nicht funktionieren würde...

Während ich auf den Fahrstuhl wartete, sah ich aus dem Fenster, wie die aufgehende Morgensonne den Horizont in orangenes Licht tünchte. Oftmals hatte ich aus dem achten Stock auf das Klinikgelände heruntergeblickt, und war von der angeekelten Empfindung überwältigt worden, festzusitzen, in einem kastenförmigen, irgendwie zellulär lebendigen Organismus, einem krankhaften Krebsgeschwür in der Landschaft, in dessen Verbindungsadern weiß gekleidete Bakterien und

Rettungswägen herumwuselten. Zu dieser Tageszeit in den Feierabend zu starten, barg den Vorteil, dass man sich in einem erlösungsgleichen Gefühl der Katharsis verpissen konnte, während sich dieses Krebsgeschwür von einer Universitätsklinik nach und nach immer mehr mit Personal vollsog, gleich einem unersättlichen, gierigen Schwamm. Als die Fahrstuhltüren sich öffneten, sah ein todmüder Olli mich an. Welch ein Zufall.

„Feierabend.", knirschte er erschöpft. Ich lehnte mich neben ihn, und sah auf den Boden. Die Türen schlossen sich.

„*Bingbingbing*", machte sein Diensthandy. Er fluchte.

„*Bingbingbing*", ließ auch mein Diensttelefon mich wissen.

„So eine Scheiße!", raunte er. „Zehn Minuten vor Feierabend drücken sie uns noch einen Auftrag rein! Na toll! Ich werde schon wieder meinen Zug nicht kriegen!" Als er auf das Display schaute, wurde seine Miene noch finsterer. „Na geil. Auch das noch. Ein Excitus. Super."

Als ich es ihm gleichtat, rutschte mir das Herz in die Hose.

Das konnte unmlich wahr sein! Da stand das Unfassbare:

# MEDILOG-INTRA

Version 1.3

5:48 Uhr IIII

*Interface 564s*

Auftrag begonnen: _____ [ X ]

Am Einsatzort _____ [   ]

Transport begonnen: _____ [   ]

Am Zielort: _____ [   ]

Transport abgeschlossen: _____ [   ]

DATA: Internal-Reference-Number: 18.666.34251

Patient:

Jonas Beckmann

Geburtsdatum:

03.11.1999

Abholstelle:

OPZ D-Schleuse

Ankunftsstelle:

Chirurgie Kühlraum

Abholzeit:

5:58 Uhr

Ankunftszeit:

6:15 Uhr

Auftragsnummer:

20878811

Bemerkung:

Excitus

Software by: PANDORA-WORLDWIDE-INCORPORATED 160

Von großer Angst überwältigt, flüsterte ich:

„Nein, nein! Nein! Das kann nicht sein! Unmöglich."

Olli sah mich irritiert an und fragte besorgt:

„Hey! Ist irgendwas? Du bist auf einmal kreidebleich! Sag bloß, du hast den Typen schon mal transportiert?"

Ich schluckte. Dann erinnerte ich mich an die Drohung und log:

„Nein... ich mein nur... die arme Sau ist ja nur drei Jahre jünger als ich!" Olli sah mich mitleidig an und sagte trocken:

„Hey, da haben wir beide doch schon weitaus jüngere Menschen in den Keller gerollt. *That's life!* Oder: „*That's death*" könnte man auch sagen. Naja. Ich hol mal den Schlüssel und den Wagen. Gehst du schonmal zur Schleuse?"

„Japp.", antwortete ich paralysiert.

„**Hast** du morgen Zeit?", fragte α-16.28. λ-13.13 antwortete irritiert:

„Wie, ob ich etwas Zeit **habe**? Was meinst du?" α-16.28 sah ihn auffordernd an und fragte erneut:

„Ja, ob du etwas Zeit **übrig***hast*, ein oder zwei Stunden mit mir zu *ver***bringen**?" Sein Gegenüber wurde etwas stutzig über diesen so possessiv-materiellen, sprachlichen Begriffszugang zur Zeit, und warf ein:

„Viel Zeit **bleibt** einem ja eh nicht nach der Arbeit! Mal sehen, ob ich davon **etwas übrighabe**." Er fuchtelte aufgebracht mit den Armen herum und murrte: „Ganz ehrlich, was für eine taktlose Frage von dir! Als ob die Zeit etwas wäre, das man materiell sehen und spüren könnte, was anzapfbar da läge, wie ein Ding, an dem sich jeder bedienen darf! Aber ja... meinetwegen können wir ja ins Cinematron gehen." Wie so vieles, tja, wie eigentlich das Allermeiste, verstand α-16.28 seine Worte nicht. Sein Nervensystem war für die einfachsten Fähigkeiten seiner bloßen Hände konzipiert, Schrauben festdrehen, Kisten schleppen, im Exo-Skelett Tunnel ins Gestein graben.

„Ich weiß nicht!", begann er ein wenig beschämt, „... mein **Monatsgehalt** ist doch so gering... mein **Stundenlohn** reicht unmöglich... ich kann mir das nicht leisten!" λ-13.13 brachten diese Wörter offensichtlich auf die Palme, er stampfte mit den Füßen und fuhr seinen geklonten Arbeitskollegen an:

„Siehst du? Das meine ich! **Stundenlohn! Monatsgehalt! Jahreseinkommen!** Arbeit, Feierabend, Fressen, Schlafen. Arbeit, Feierabend, Fressen, Schlafen. Arbeit, Feierabend, Fressen, Schlafen! Es ist, als hätte man sich unser komplettes Leben unter den Nagel gerissen, sämtliche Augenblicke von der Geburt bis zum Abkratzen. Merkst du nicht, wie das gesamte Ziffernblatt der Uhr einer komplett kranken technisch-industriellen Verwertung der Zeit unterliegt? Das ganze Ziffernblatt!"

„Ziffern-was?", fragte α-16.28 skeptisch. Historische Bildung wurde Humanoiden der Alpha-Gattung natürlich nicht zuteil, während Lambdas wie λ-13.13 mit Lexikas geradezu „gefüttert" wurden. Er antwortete:

„Nun ja, früher zeigten die Uhren nur zwölf Stunden an."

Sein genetisch künstlich verdummtes Gegenüber entgegnete erstaunt:

„Häh? Aber der Tag hat doch vierundzwanzig Stunden!"

λ-13.13 sah auf seine Digitaluhr, bemerkte mit einem zynischen Seufzer, dass es bereits 23:23 Uhr war, und resignierte:

„Schon gut. Hat keinen Sinn, dir das jetzt zu erklären. Hör zu, ich gebe dir den Besuch ins Cinematron aus. Was ich nur vorhin meinte, ist... es ist... als ob der einzige Sinn und Zweck, warum wir auf der Welt sind, wäre... dass wir Arbeit verrichten, und für diese entfernten Menschen auf dem roten Planeten Rohstoffe aus den Asteroiden brechen..."

α-16.28 sah kurz auf den Boden, und auch wenn er nur ganz entfernt begriff, was sein Nachbar ihm da Ungeheuerliches andeuten wollte, schluckte er bedrängt, und meinte leise:

„Hmmm, kein Plan. Woah, das würdest du echt machen, mir etwas von deinem Monatslohn abgeben, damit ich da mit hinkann? Aber ich kann dir doch gar nichts dafür geben!" Das Lambda winkte ab, und sagte ein klein wenig gerührt:

„Nein, dafür erwarte ich nichts... es reicht mir doch, dir ein paar schöne Momente zu schenken!" Von so viel Mitmenschlichkeit überwältigt, jauchzte α-16.28, klopfte λ-13.13 auf die Schulter und frohlockte mit leuchtenden Augen:

„Wow! Das wird ja großartig!" Plötzlich konnte man seiner Mimik ablesen, dass ihm etwas einfiel. „Oh warte... einen Moment, da war doch..." Er durchwühlte alle Taschen seines Overalls, kramte schließlich eine winzig kleine Kapsel heraus, und reichte sie seinem Kollegen, überglücklich und vom Erfolgsgefühl überwältigt, nun doch etwas zurückgeben zu können:

„Hier! Dieses Entspannungsdings, das wir früher jeden Abend bekommen haben. λ-13.13 riss es ihm aus der Hand und sah ungläubig von der Kapsel in das Einheitsgesicht des Alphas und fragte:

„Wo hast du denn das Relaxin her? Bei der Mater Prima! Das ist unmöglich!" α-16.28 grinste nur und gestand:

„Hatte ich voll vergessen! Letztens in der Mine

gefunden... kannst du sicher gebrauchen, so wütend, wie du gerade warst! Bis dann! Ich freue mich auf morgen!" Er drückte einen Knopf auf einem Ding, das aussah wie ein Sarg aus Aluminium, worauf sich der Deckel hochklappte. Dann legte er sich in die Nährsalzlösung seines Reizdeprivisationstanks, und während sich der Deckel schloss, schlossen sich auch seine Augenlider und er murmelte vorfreudig:

„Wow! Morgen geht's ins Cinematron! Wuhuuu!" Völlig baff legte sich der Lambda die Kapsel unter die Zunge, öffnete auch seinen Tank und war heilfroh, dass er wegen der extrem langen Halbwertszeit des Pharmakons für mindestens drei Tage nicht dazu in der Lage sein würde, über Zeit und ihre technische Verwertung und den eigenen menschenunwürdigen Platz in dieser Welt nachzugrübeln.

Ob sie es wollten, oder nicht, für die Menschen auf dem *Montibus Uranum*, einem Asteroidengürtel im Sternensystem Sirius Gamma, war Zeit die einzige Währung im Leben. Sie rann ihnen sprichwörtlich unter den Fingern weg... und das lag weniger an den sechzehnstündigen Arbeitstagen in den Minen, sondern an ihrer ganz eigenen biologischen Konstitution: Die Nachfahren der marsianischen Kolonialisten waren nach wenigen Generationen aufgrund der kosmischen Strahlung ganz und gar unfruchtbar geworden, und so wunderte es irgendwann keinen mehr, dass man selbst und alle anderen herum nicht aus einer Gebärmutter stammte, sondern aus einer Petrischale. Und für die wohlhabenden Industriellen zeigte sich sehr bald eine unvorhergesehene, vorher nur von träumerischen, kapitalistischen Gentechnikern heiß ersehnte Möglichkeit: Gezüchtete Arbeitskraft. Jede Fabrik, jeder Betrieb, jedes Bergwerk und jede Armee konnten von nun über so viele helfende Hände verfügen, wie nötig. Es gab jedoch nur einen Haken, der jedoch weder von den Machern noch von den „Gemachten" als wesentlicher Nachteil wahrgenommen wurde. Obwohl das Jahr nur dreihundertfünfundsechzig Tage zählte, alterten die „Klonschischey", wie sie von der übrigen Menscheit bald abwertend bezeichnet wurden, sehr viel schneller. Ihre biologische Uhr lief rund dreimal so schnell, was den Kapazitäten des unstillbaren Arbeitsmarktes des vierundzwanzigsten Jahrhunderts natürlich zugutekam. Nach nur drei Jahren war ein handelsüblicher Alpha-Humanoide bereits in der Verfassung und Gestalt eines Neunjährigen, und nach etwa weiteren dreihundertfünfundsechzig Tagen voller Fitnessübungen und propagandistischer Gehirnwäsche war er mit zwölf biologischen Jahren durch endokrinologische

Modifikationen des Erbguts weitestgehend fertig mit der Pubertät und damit bereit, in den Minen zu schuften. Der so lächerlich günstigen und einfachen Verfügbarkeit von Humankapital war auch der mangelnde Arbeitsschutz zuzuschreiben. Die durchschnittliche Ausschlussrate von Alphas, Betas und Gammas lag bei den Knochenjobs wie im Weltraumbergbau oder den Raumschiffswerften bei rund vierzig Prozent. Tödliche Unfälle oder der körperliche und seelische Totalzusammenbruch waren an der Tagesordnung.

Doch der Besuch des Cinematrons war für beide Klonschischey eine willkommene Abwechslung! Obwohl die Marsianer sehr viel daraufgesetzt hatten, dass ihre Nachfahren aus dem Genlabor komplett gefühllose Nutztiere abgaben, zeigten die Menschenklassen völlig gewöhnliche Gemütsregungen, etwaige Experimente am menschlichen Gehirn und seinem Neurotransmittersystem hatten sich als unbrauchbar erwiesen. Und so hatte es sich durchgesetzt, jedem, von dem stumpf treudoofen Alphaproleten, der vielleicht nie das Tageslicht zu Gesicht bekam, über den kriegerischen, vier Meter großen Omega-Söldner bis hin zur Ypsilon-Fachärztin ein kleines Gehalt und etwas Eigentum zu gestatten. Es hielt die kolonialen Territorien im Gleichgewicht, vermied Massenaufstände und erschien den Verursachern der unwiderrufbaren ethischen Entkopplung des menschlichen Genoms einfach als: *„human"*.

Nachdem λ-13.13 zweimal seinen Finger an den Automaten gehalten hatte, und diese dann zwei ohrsteckerartige Knöpfe ausgespuckt hatte, setzten sie sich an einen Tisch in der Kantine und applizierten den Bewusstseinstransferator. Im nächsten Moment fanden sie sich in einem spärlich gefüllten Kinosaal wieder, der wohl einem Gebäude auf dem terrageformten Mars nachempfinden war, denn aus den verglasten Fenstern zur Linken und zur Rechten war nur meilenweit rote Gesteinswüste zu sehen. $\alpha$-16.28 jubelte:

„Hurra, ich wollte schon immer einmal den Mars sehen!

Immer noch total zugedröhnt vom Relaxin, warf $\lambda$-13.13 ein:

„Mach dir nichts vor. Wir wissen beide, dass wir uns nur maximal fünfzig Kilometer von der Antenne entfernen können!"

„Hahahaa, unsere kleinen Arbeitsbienchen!", scherzte ein Delta einige Sitze neben ihnen in einem halb belustigten, halb selbstbedauernden Tonfall, als er mit seinen Gesetzeshüterohren die leidliche Aussprache seiner in Hörweite befindlicher Mitmenschen über die Hochfrequenzatmosphärendistanzregulierung mitgehört hatte, die es der Bevölkerung verwehrte , einen bestimmten Bereich ohne Kopfschmerzen und Übelkeit zu verlassen … … ein kleines Grüppchen Ypsilons, das eine Reihe hinter ihnen saß, fing plötzlich an zu tuscheln, sie kicherten, bis eine junge Frau ihren Arztkittel zurechtrückte, und auf $\alpha$-16.28 deutete und spottete:

„Hey, wer hat denn den Schraubenzieher hier rein gelassen?"

Ein anderer Arzt spuckte ihm auf den Hinterkopf und höhnte:

„Ja, was macht der Wegwerfhandschuh hier? Sollen wir

167

den lethalisieren? Ich mein, wir können ja gleich hier einen Neuen ansetzen."

„Macht dir nichts draus, die denken halt, sie wären etwas Besseres.", tröstete der Lambda seinen eingeschüchterten Freund und sah kurz hoch in die edel gewachsenen, und doch irgendwie viel zu vereinheitlichten Medizinergesichter der Ypsilon-Gattung. Jene Wesen wurden durchschnittlich sogar ganze fünfundzwanzig Jahre alt, und sie alterten auch nur halb so schnell wie die übrigen Varianten des synthetischen Homo Sapiens, für dessen Züchtung, medizinische Behandlung und abschließende Vernichtung sie zuständig waren. Was ihnen einen naturgegebenen, vor Arroganz nur so triefenden Gotteskomplex eingehandelt hatte.

„Schon gut.", flüsterte $\alpha$-16.28 ein klein wenig gekränkt, seinesgleichen war es gewohnt, in der Öffentlichkeit wie Abfall behandelt zu werden.

„Wohooo, es geht los!" brüllte irgendwer vorfreudig, und hielt sein Abstimmgerät hoch.

„Ach ne, ist nur Werbung für irgend'nen Film!", konterte jemand irgendwo anders im Saal. Das Licht dimmte sich, Trommelwirbel und Fanfaren ertönten, und man sah einen dreidimensionalen Schriftzug, die Aufmerksamkeit der Anwesenden wurde ganz auf die 3D-Leinwand zentriert.

Alsbald ließ sich ein harmonisches Familienessen erkennen, nachdem die Kamera vorher aus dem Weltall durch eine Kuppel in eine völlig übervölkerte Mondbasis hereingezoomt hatte. Den Mondlingen schien es gut zu gehen in ihren von außen verglasten Anwesen. Man sah sie um eine schwebende silberne Servierplatte versammelt, von der von einem oktopusartigen Wesen schleimige Tentakel auf den Teller jedes einzelnen ragten, den sie wahlweise die Saugnäpfe abtrennten, oder aus geschmacklichen Gründen so in die Soße tunkten, und dran knabberten. Die Mutter begann schmatzend:

„Nein, Kleiner. Das musst du dir eingebildet haben. So etwas wie Geister gibt es nicht." Ein kleiner Junge widersprach quängelig:

„Aber ich habe es gesehen! Echt jetzt!" Der Vater schüttelte den Kopf, kaute auf dem Tentakel rum und ließ sich von seiner Tochter die Ketchupflasche reichen und brummte:

„So ein Quatsch." Während am Esstisch eine hitzige Diskussion darüber ausbrach, inwiefern ein Fortbestand der Seele nach den letzten neuronalen Impulsen denn noch möglich sei, schwenkte die Kamera heraus, und zeigte nun das Kinderzimmer des Jungen, wo wie von Geisterhand Action-Figuren miteinander kämpften, sich die Gardinen auf und zu zogen, und sich ein Kartenspiel ganz von selbst im Zimmer verteilte. Dann fiel ein Fußball vom Kleiderschrank, flog von selbst gegen die Wand, prallte ab, und verharrte dann in der Luft, prallte nochmal gegen die Wand und schien dann in der Luft zu schweben. Daraufhin schwebte er zur Türklinke, die sich auch von allein runterdrückte, schwebte durch den Korridor, und fiel zu Boden, von wo er die Wendeltreppe herunter ins Erdgeschoss kullerte, Stufe für Stufe störrisch die Richtung wechselnd. Schließlich wurde er in hohen Bogen gegen die Küchentür geschossen. In die gruselig sphärischen Klänge eines Theremins, welche zur lautlichen Untermalung eingesetzt hatten, fragte die Mutter völlig hysterisch:

„Was ist das denn jetzt?" Dann knallte die Tür auf, der Junge war der erste, der anfing zu schreien, als der Ball von alleine hereinrollte, und in einer Parabel auf dem Esstisch landete, von wo er wie von unsichtbarer Hand aufgehoben wurde, und sich dann entschied, eine gläserne Vitrine zu zerschmettern. Nun brüllten alle wie am Spieß, als das Leder vom Boden mit voller Kraft in das Gesicht des Vaters geschossen wurde, und die oktopusartige Speise sich wie von selbst von dem silbernen Tablett auf den Kopf des kreischenden Mädchens setzte. Während auch noch der komplette Esstisch umkippte, stürmte die Familie panisch aus dem Zimmer, der Vater voran mit seiner blutigen Nase. Zu den schrillen Thereminsounds gesellte sich nun auch noch eine drollig klingende Big-Band, man sah einen Keks, wie er sich von allein in die Soße tunkte, und dann mit einem knuspernden Geräusch Stück für Stück verschwand. Als der Keks sich nach und nach in Luft aufzulösen schien, sah man erst ein merkwürdiges Flimmern, dann eine schwach durchsichtige Hand, und schließlich einen Kerl aus Fleisch und Blut, der nichts weiter trug als ein Armband, welches ihm temporäre Unsichtbarkeit verlieh. Er nahm den Ball, zwinkerte, und das Video endete mit für das Menschliche Auge einfach viel zu schnell zusammengeschnittenen Szenen, deren gemeinsamer Nenner durchgängig war, dass armen ahnungslosen Menschen mit plumpesten technischen Tricks paranormale Aktivitäten vorgegaukelt wurden. Während das Publikum jaulte und grölte, lief der Name des Filmes über die Leinwand. In schaukelnden, giftgrünen

Buchstaben stand:

## GEISTFREI VII – DER SPUK NIMMT KEIN ENDE

$\lambda$-13.13 sagte enttäuscht:

„Oah, ich hasse es, wenn sie schon im Trailer die ganze Story spoilern!"

„Irgendwie habe ich das nicht ganz verstanden!", verkündete $\alpha$-16.28.

Dann fing mit Paukenschlägen und viel Täterätää das eigentliche Abendprogramm an, eine Live-Show namens *„Drei-Mal-Darfst-Du-Raten!"*, bei der das Publikum erraten musste, welchen ausgemusterten Klon es erwischt, oder welcher einen Wettkampf gewinnt. Die eingängige Melodie, mit dem zirkusartigen Akkordeon, blieben einen im Zusammenhang mit den menschenverachtenden Szenen oft tagelang ins Gedächtnis eingebrannt. Man hatte drei Tipps zu vergeben. Der Hauptgewinn bei allen drei richtigen Treffern waren drei zusätzliche bezahlte Urlaubstage, ein beliebtes Unterhaltungsformat auf Sirius Gamma. Eine Rummelstimme ertönte:

**>> Habt ihr euren Choice Controller? Looooooos geeehts! Ruuuuuuuuuuuuuuuuuuuunde eins! - Wer furzt zuerst? <<**

Während alle ihre Fernbedienungen gespannt zwischen den Händen hielten, erschien das erste Szenario. Man sah zwei Klone Ende Dreißig an einem Tisch sitzen, jeder hatte einen Krug Milch vor sich. Offenbar hatten beide das Gen für Laktose-Intoleranz, konnten ihren Zweiliterkrug also unmöglich ohne starke Bauchkrämpfe und Blähungen verdauen. Nur widerwillig und mit großer Mühe, und wohl auch nicht ganz ohne den drohenden Blick des bewaffneten Deltas, der am Rande der Szenerie stand, würgten sie schließlich die Milch herunter. Eine Weile saßen sie sich noch mit gequälten Gesichtern gegenüber, bis sie immer mehr auf ihren Stühlen hin und her rückten, mit der Hand am blubbernden Bauch... Dann kam die Forderung, die Stimmen abzugeben. Begeistert setzte α-16.28 auf den Linken, während der Lambda seine drei Stimmen wohl für etwas Spektakuläreres aufheben wollte. Schließlich kam es, wie es kommen musste, der linke von beiden, der etwas verängstigt viel zu schnell und hastig getrunken hatte, ließ einen flatternden, schlotternden Furz fahren, worauf sich eine Badewanne voller H-Milch, Schlagsahne und Speiseeis auf ihn ergoss. α-16.28 jubelte und grinste glücklich über sein Erfolgserlebnis und hielt seine grün leuchtende und vibrierende Fernbedienung ausgestreckt nach oben.

>> *Also, sowas! Und das am Esstisch! Ruuuuuunde zwei: .... - weeeeeeeeer hat Angst voooooooooor Spinnen?!* <<

Auf einer Parkbank saßen zwei weibliche Alpha-Individuen, sie hatten ein identisches Gesicht, jedoch war die eine brünett und die andere blond. Kurz zoomte die Kamera auf den Strichcode über ihren Handgelenken, wo schmal die Zahl '36' zu sehen war, was den Ypsilons eine Reihe über λ-13.13 und α-16.28 kurz herzhaftes Gelächter entlockte. Für einen Menschenkenner und Allgemeinschullehrer wie λ-13.13 war es leicht zu durchschauen, dass die beiden mit einer gezielten genetischen Prädisposition für Arachnophobie gezüchtet wurden, und dass man sie wohl auch mit traumatogenen, achtbeinigen Umweltreizen prägend auf die Angst hin konditioniert hatte. Die für phobische Ratespiele eigentlich üblichen elektronischen Fußfesseln fehlten, scheinbar konnten sie sich tatsächlich frei bewegen. Vielleicht war die Angst vor Spinnen bei einer der beiden ausgeprägter? Unbemerkt von beiden krabbelte eine etwa katzengroße Tarantel hinter ihnen über eine Rasenfläche auf sie zu. Wie vieles machte $\alpha$-16.28 es seinem Weggefährten nach und wählte die Blonde aus. Als sie sich umsah und in zehn Meter Entfernung die haarigen Beine entdeckte, biss sie panisch die Zähne zusammen und krallte sich an der Parkbank fest. Nachdem die brünette Spielteilnehmerin sie entdeckt hatte, schluckte sie einfach nur und schloss mit Angstschweißperlen auf der Stirn die Augen. War das Kalkül? Schwer zu sagen, niemand wusste genau, wie die exakten Teilnahmebedingungen bei „Drei-Mal-Darfst-Du-Raten!“ genau aussahen. Mit einem gezielten Schuss aus seiner Laserpistole setzte ein Delta in Polizei-Uniform, der ein Abzeichen der Kammerjägereinsatzgruppe auf der Jacke hatte, das Insekt außer Gefecht und sagte lachend:

„Aber Ladies! Das war doch keine echte Spinne... das hier ist eine!“ Hinter einer Hauswand, keine zwanzig Meter entfernt, tauchte ein monströs vergrößertes Insekt von der Größe eines Kleinwagens auf, und krabbelte mordlustig erregt in einem Affentempo auf die beiden zu. Die blonde Klonschischey sprang zuerst wie vom Teufel gejagt auf, doch ihre Leidensgenossin war nur eine Millisekunde später auf den Beinen. Glücklich bemerkte $\alpha$-16.28, dass nun bei ihnen beiden die Fernbedienungen

173

grün leuchteten...

>> *... und nuuuuuuuuuuuuuuuuuuuuuuuuuuun:*
*Runde drei: Wessen Leituuung iiiiiiiist*
*beleeeeeeeeeeeeeeeeegt!?* <<

Wieder sah man zwei komplett einheitliche, männliche Alphas, die sich weder im Alter noch in der Körpersprache unterschieden. Jeder stand in seiner eigenen Telefonzelle. Es klingelte, und sie nahmen den Hörer ab. Beide sabbelten nur Unsinn auf die Fragen, die den Zuschauern verborgen blieben, bis einer plötzlich etwas verunsichert meinte:

„Hmmm... ne ja doch, ich habe auf einmal... so einen... total... metallischen Geschmack im Mund!"

Die komplette Reihe der Ypsilons brach in schadenfrohes Gelächter aus und gab synchron ihren Tipp ab.

„Häh? Die telefonieren doch beide!", fragte α-16.28 verwirrt seinen Freund, doch der war inzwischen eingenickt. Während der eine Kandidat fröhlich über das Wetter plauderte, hatte der andere Mühe, sich zu konzentrieren. Sein Gesicht war knallrot angelaufen. Mit einem Mal ließ er den Hörer fallen, seine Hand, sein Arm und die Gesichtsseite, an die er den Hörer gehalten hatte, waren urplötzlich mit Brandblasen übersäht. Dann fing er an, sich zu übergeben, klopfte an die verschlossene Glastür, raufte sich verzweifelt die Haare, und hielt seine vor fünf Minuten noch tadellos sitzende Frisur in ganzen Büscheln in der Hand. Schließlich brach er röchelnd und schwer strahlenkrank zusammen.

„Aber wessen Leitung ist denn nun belegt!?", fragte α16.28 ungläubig, drückte, und war schwer enttäuscht, dass sein Choice-Controller nun rot leuchtete.

λ-13.13 war so ausgeknockt, dass ihm seine Fernbedienung aus der Hand glitt, und vor die Füße seines dümmlich verunsichert schauenden Zeitgenossen kullerte, der während der Vorstellung in seinem einfältigen Gemüt immer wieder die eigenen Gesichtszüge bei den Teilnehmern wiedererkannte. Dieser sah etwas unterwürfig zu den skeptisch schielenden Medizinern hoch, hob verstohlen die Fernbedienung auf, und stupste seinen Nachbarn an und flüsterte aufgebracht:

„13.13! Komm schon, die letzte Runde geht gleich los! Vielleicht kannst du ja noch gewinnen! Was ist los mit dir?"

Die Atmung von λ-13.13 war ganz schwach geworden, er hing sabbernd in seinem simulierten Kinosessel; scheinbar hatte ihn das starke Benzodiazepinderivat ohne jegliche Toleranz in die Bewusstlosigkeit katapultiert. Früher erhielten die Klone auf dem Montibus Uranum täglich am Abend einzunehmende Medizin, doch seit dem Handelsembargo mit der (L)unaren (U)nion behielt der Mars seine Medikamente und medizinischen Güter für sich und dachte nicht länger daran, Wegwerfhumanoiden aus entfernten Quadranten des Weltalls an diesem Luxus teilhaben zu lassen, auch wenn ihnen so ein erstaunlich simples Instrument zur Gedankenkontrolle flöten ging. Dann rief der Ansager auf zum letzten Ratespiel der Abendvorstellung:

175

## >>UUUND NUUUUUUUUNUUUUUUUN :Das große Finale: WER FLIEGT WOHL WEITER? <<

Eine für den die Brutalität der Unterhaltungsindustrie des vierundzwanzigsten Jahrhunderts nicht gewöhnten Geist wohl ziemlich traumatisierend anmutende Szene lief auf einmal ab, wie gelähmt saß α-16.28 vor der geteilten Split-Screen-Leinwand, auf der man das gleiche Geschehen aus zwei GoPro-Perspektiven sehen konnte: Der eine Klon sah den anderen an, wie er da so hing, festgeschnallt auf einem riesigen, katapultartigen Schleudersitz, und mit sehr nervösem Blick in die am Kopf des jeweils anderen sitzende Kameraobjektiv linsend. Es schien keinen guten Ausgang mit ihnen zu nehmen. Mit einem Knarzen spannten sich die Seile des Katapults, als die Vorrichtung mit einem Klicken einrastete, zuckten beide zusammen. Man sah, dass beide mit dem Kopf unsicher nach links und rechts schauten, in den Augen Verwunderung, Scheu und eine ungute Vorahnung, obwohl sie wohl in ihrem Eintagsfliegenverstand nicht so recht begriffen, was vor sich ging. Ein in seinem Geschmack für Entertainment besonders skrupelloser Ypsilon wand sich mit halblauter Stimme an die anderen Artsverwandten seines genetisch diversifizierten Menschengeschlechts:

„Hey, Leute, im Netz, nää... da gibt es das sogar mit Kindern! Und das Allerbeste: Sogar ohne die Sedierung! Die schreien und strampeln, wenn sie festgeschnallt werden, es ist unglaublich." α-16.28 schaffte es nicht, die Äußerungen in einen Bezug zu setzen, sonst wäre auch er empört gewesen. Ganz sicher. *„Drei-Mal-Darfst-Du-Raten!"* mit Kindern, das war eine moralische Grenze, die nur von dem eh schon so entarteten Reality-TV nichtmehr stimulierten Freaks übertreten werden konnte.

176

Er ärgerte sich unfassbar, seinen Tipp schon abgegeben zu haben, und als der Countdown runtergezählt wurde, stimmte er trotzig mit dem Choice-Controller von λ-13.13 für den Rechten...

**>>... Fünf! Vier! Drei! Zwei! EINS! – FEUER! <<**

Die Elastizität der Spannseile schleuderte beide Kandidaten mit ungeheurer Geschwindigkeit in die Lüfte, man sah durch die Go-Pro, wie beiden durch die Flugkräfte Arme, Beine und Wirbelsäule gebrochen wurden, ehe sie nach einer langen Parabel aus mehreren hundert Metern Höhe auf dem grauen Mondboden zerschellten, von ihren Leibern nichts weiter als ein roter, deformierter Haufen Matsch übrig. Dann wurde aus dem Split-Screen, der zweimal einfach nur ein unförmiges Gebilde aus menschlichen Überresten zeigte, eine von einer Drohne gefilmte Luftaufnahme, die auf einer Art Sportplatz ein überdimensionales Lineal zeigte, und das der rechte Matschhaufen tatsächlich etwas weiter vorne lag als der linke.

Der Choice-Controller in der Hand des Alphas leuchtete grün, und er war außer sich, als plötzlich sein Armband, dass die bisherigen zwei Treffer in grünen Streifen angezeigt hatte, nun einen weiteren dritten Balken aufwies. Dann wurde ihm außerdem noch fehlerhafterweise für die drei Urlaubstage die drei vollen Tagessätze eines Lambdas gutgeschrieben.

„Aber...", flüsterte er fassungslos.

„Hey... 13.13... das wollte ich nicht... ich wusste nicht... oh nein!" Er versuchte, seinen Kumpel zu wecken, doch der war nach wie vor bewusstlos. Er kam erst wieder zu sich, als ein damit wohl nicht einverstandener Zeitgenosse ihm herablassend, aus reinem Spaß am Gemeinsein, den Choice-Controller gegen den Hinterkopf schmetterte. Trotz der simulierten Umgebung schmerzte dies extrem. λ-13.13 schreckte auf, fasste sich mit schmerzverzerrter Mimik an den Hinterkopf und hob die Fernbedienung auf. Verwundert und verschlafen hielt er das optisch so anders anmutende Objekt in den Händen.

„Was ist das... häh... wo ist mein Controller!?"

Merkwürdigerweise unterschieden sich das Wurfobjekt des hochmütigen Ypsilons und die gewöhnliche Fernbedienung für die Abstimmung tatsächlich immens. Während letztere einfach nur drei LED-Lämpchen hatte, die wahlweise grün oder rot leuchten konnten, war das Exemplar für die genetisch hochwertigeren Reagenzglashumanoiden mit einem Display ausgestattet. Dieser verriet sogar den Gipfel der Ungerechtigkeit: Während die allgemeine Bevölkerung der Klonschischey bei der Sendung ganze drei Tipps abgeben konnte, hatte man mit der privilegierten Fernbedienung ganze acht Stimmen, was bei vier Runden bedeutete, dass man damit immer die drei freien Tage gewann, weil man sich ja noch umentscheiden konnte. α-16.28 sah ihn reumütig an und sagte:

„Bitte! Ich wollte dir nicht den Tipp klauen! Weiß überhaupt nicht, wie... wie...äh." Der stark narkotisierte λ-13.13 war drauf und dran, wieder einzunicken, hörte nur noch benommen die Worte seines Sitznachbarn, ehe ihm nun auch der andere Choice-Controller aus der Hand fiel. Die Abspannmusik erklang, nach und nach standen immer mehr Leute vom Publikum auf, fassten sich ans Ohrläppchen und verließen die Simulation mit einem kleinen Lichtblitz und „ploppendem" Geräusch. Inzwischen war der uniformierte Delta unauffällig neben α-16.28 gerückt und sah ihn so an, als ob er ihn bei irgendetwas ertappt hätte. Dann fragte er mit strenger Stimme:

*„Sag mal, wo hat denn dein Kumpel das Relaxin her, ha?"*

„Das… *was* her?", entgegnete der Alpha dümmlich.

*„Schon gut."*, brummte der von der Exekutive abgerichtete Wegwerfmensch und setzte sich auf, hob seine Hand, woraufhin sich wie ferngesteuert auch die Hände von α-16.28 und sogar des schnarchenden λ-13.13 kurz zum Gruß erhoben. Kurz leuchteten ihre Armbänder.

Mit einem weiteren „Plopp" war auch der Polizist verschwunden.

Drei Tage nach dem Besuch des Cinematrons klopfte λ-13.13 an den Reizdeprivisationstank von α-16.28, in sehr aufgebrachter Verfassung. Schließlich öffnete dieses eine von knapp dreihundert reihenartig angeordneten Behältnissen in dem turnhallenartigen Raum, und nur zögerlich, mit knackenden Gelenken erhob sich aus der Nährsalzlösung ein α-16.28 mit glasigem, erstarrtem Blick. λ-13.13 war ganz besorgt über das kümmerliche Bild seines Mitmenschen, dass sich ihm bot, und fragte verwundert:

„Hey, 16.28! Du siehst ja gar nicht gut aus! Hast du deine gesamten drei freien Tage im Tank verbracht?" Der wirklich mitgenommen aussehende Alpha stolperte unter den Trockner und nuschelte:

„Meine Arme und Beine sind irgendwie eingeschlafen." Er räusperte sich unter dem in der Wand integrierten Fön, holte aus seiner Hosentasche etwa zwei Dutzend Cinematron-Bewusstseinstransformatoren, und hielt seine Hand in den Müllsauger. Mit apathischen, abgestumpften Augen sagte er leise:

„Ich hab n' bissel sehr viel „D-M-D-D-R" geguckt. Und, alter... junge... die Zeit...", fuhr er fort, „... die Zeit ist vergangen wie im Flug... Häh, 13.13? Wir sind doch gleich alt, oder?"

„Natürlich!", spottete der Lampda und sah sich in der Halle um. „Hier in diesem Bezirk der Raumstation sind wir doch alle gleich alt!" Unbehaglichkeit preisgebend flüsterte α-16.28:

„Weil... ich habe nämlich mal im Kalender nachgeguckt...

Ich mein ja nur... da steht, wir wären jetzt elf Jahre und elf Monate alt." In dem Moment, als er die Zahl mal drei rechnete, und ihm auf einmal das eigene Verfallsdatum auf die niederschmetternste Art und Weise vor Augen stand, fiel dem sonst so wortgewandten $\lambda$-13.13 schlicht die Kinnlade herunter.

„Aber... aber...?", faselte er ungläubig, „... ist es wirklich schon so weit, echt jetzt?"

*Und dann kam der Tag.*

Zur Zeit der gewöhnlichen Wecksirene hatte man die vollen dreitausend Menschen des Bezirks 9773 aus ihren Tanks geholt und sie sich in langen Reihen in der riesigen Eingangshalle aufstellen lassen. Draußen warteten schon die mit Frachtcontainern beladenen Luftschiffe. Ob das wieder so ein Umzug sei, hatte a-16.28 noch verwirrt gefragt. λ-13.13 schwieg, als er sich in die lange Reihe der ihm zum Verwechseln ähnlicher Zeitgenossen einreihte. Mehrere uniformierte Deltas schritten durch die Reihen, und scannten Gesicht für Gesicht mit dem Tablett ab. Als das Gerät auf λ-13.13 gerichtet wurde, blinkte etwas mit piependem Geräusch auf, und der Gesetzeshüter donnerte:

„Aha! Ach so! Ist Ihnen wohl egal, das Handelsembargo und die damit einhergehende Prohibition des Konsums pharmazeutischer Stoffe nach §54 Absatz 2b des MStGB? Na, warten Sie nur! Für Querdenker wie Sie ist ein anderes Programm vorgesehen!" Geschockt sah der Lambda auf sein rot blinkendes Bändchen und sah nur noch, wie sein Freund a-16.28 auf der anderen Seite der Halle zeitgleich verhaftet wurde.

Wieder zu sich kamen beide nebeneinander angekettet in einem großen Frachtraum, doch nicht allein, nein: Rund zweihundert andere Schicksalsverwandte saßen mit nichts anderem als einem Lendenschurz bekleidet wie Vieh auf dem kalten Stahlgitterboden des ehemaligen Truppentransporters. Und was für eine Auswahl an genetischer Diversität: Ganz vorne konnte man zwei grimmig brummende Omegas sehen, die schnaubend an ihren Ketten rüttelten. Sicher, über die Hälfte machten die verwirrte Menge Alphas aus, die zitternd, notgedrungen auf einem gigantischen Haufen hockten, doch sah man hier und da jede Menge exotische menschliche Exponate, wie einen ganzen Haufen Thetas, die außerhalb ihres Cockpits so lächerlich degeneriert aussahen, mit ihren dürren Ärmchen und Beinchen, außerdem erblickte man hier und da einen klitzekleinen Omikron, Wesen in humanoider Gestalt, die nicht größer als dreißig Zentimeter wurden, und für die schmutzigsten aller Arbeiten zuständig waren, etwa in Belüftungsschächten oder Kanalisationsrohren. Fleisch war letztendlich einfach günstiger als jede Maschine geworden. Betas, Deltas und Gammas streiften einander mit misstrauischen Blicken, sie waren es nicht gewohnt, in so großer Zahl bei gleichzeitig so überfordernder Vielfalt auf so engem Raum zusammengepfercht zu sein. Einige Reihen weiter meinte $\lambda$-13.13 tatsächlich, das Gesicht eines etwa fünfzigjährigen Ypsilons auszumachen. Keiner sprach, zu sehr war man vom nahenden Schrecken der Zukunft gelähmt. Diese zusätzliche Fessel im Verstand hatte wohl auch seine Ursache darin, dass niemand wusste, wo es hingehen sollte. Waren sie nun Versuchskaninchen für wissenschaftliche Experimente? Oder drohte die Versteigerung an Dritte? Sollten sie sogar an dubiöse Reality-TV-Formate wie „Drei-Mal-

Darfst-Du-Raten" verscherbelt worden sein? Womöglich könnten sie Haussklaven für irgendwelche reichen Marsbewohner werden? Mit einem gewaltigen Ruck, der alle Passagiere kräftig durchrüttelte, setzte das Raumschiff auf. Vorne ging eine Ladeluke herunter, strahlendes Licht trat ein, gleichzeitig lösten sich bei allen die Fesseln. Alle sahen sich beklommen an, und wagten es nicht, einen Schritt heraus ins Unbekannte zu machen. Auf einmal gellte aus der Mitte des Frachtraums ein unfassbar hochfrequenter Piepton, der Kopfschmerzen und Gleichgewichtsstörungen hervorrief, und Menschen jedweder Genetik veranlasste, in wilder Massenpanik, sich gegenseitig zertrampelnd, über die Laderampe zu rennen. Noch ehe die letzten Thetas ins Freie stolpern konnten, schloss sich die Ladeluke wieder und der Transporter startete seine Triebwerke. Keuchend und sich an die vor Schmerzen pochende Stirn fassend, sah sich die nun leicht dezimierte Menge um. Sie schienen auf irgendeinem fremden, terrageformten Mond zu sein, der offensichtlich abgerundete Horizont hinter dem Laubwald und dem kleinen Fluss verriet das. Nach Luft schnappend, rückte α-16.28 seinen Lendenschurz zurecht und stammelte fassungslos:

„Häh, was ist das, wo sind wir hier?" Knirschend antwortete λ-13.13:

„Schwer zu sagen! Aber ich sehe nirgendwo Kameras! Das lässt zumindest schon mal hoffen!" Plötzlich sprang ein Alpha aus dem Knäuel todesverängstigter Menschen, und rief, auf eine Antenne, keine zweihundert Meter entfernt, deutend:

„Aaaachso! Ich hab's! Ist doch ganz einfach! Wir müssen

einfach nur zur Antenne! Im Radius ist doch immer alles gut!" Wie alle anderen wandten auch λ-13.13 und α-16.28 ihre Köpfe zu dem großen Funkmast, dessen rotierende Radarschüssel einen auf wirklich sehr vereinnahmende Weise wie magnetisch anzuziehen schien. Von einem inneren Verlangen getrieben, setzte sich die Herde in Bewegung, und mit jedem Schritt bewirkten die neurophonischen Signalkaskaden bei den in der Reichweite befindlichen Klonschischey eine wachsende vertrauensvolle Empfindung. Bald marschierten sie an dem Ufer des schmalen Flusses entlang. Hinter einer Biegung begannen dann die ersten auf einmal ganz sanfte, gar flüsterhafte Musik zu hören. Es war ein ganz und gar hypnotisch und in Trance versetzendes Lied, dass keinem bestimmbaren Takt folgte, und aus dionysischen Dissonanzen aus Geigen und Okarinas, sowie einem sehr schläfrig machenden Kontrafagott bestand, was zusammen eine wabernde, sich organisch wandelnde Melodie erzeugte. Hinter einer Böschung sah man dann plötzlich fünf wunderhübsche Meerjungfrauen auf einer Sandbank, ihre schuppigen Fischflossen glänzten im Sonnenlicht, während sie in rhythmisch kreisenden Bewegungen in einem irren lasziven Tanz ihr schamanisch-selbstentrückendes Lied trällerten und zupften. Jene Alphas, die zu nah am Ufer standen, drehten sich wie ferngesteuert um, und brüllten verzweifelt zur Sandbank Sätze wie:

„JAAA, VERDAMMT ICH LIEBE DICH!" oder:

„LASS UNS HEIRATEN, ICH WILL NICHTMEHR OHNE DICH LEBEN!", dann rannten sie schier von Sinnen ins Wasser, und wateten im hüfthohen Wasser auf die synthetischen Kreaturen, deren hybridgenetische

Züchtung eigentlich nach interstellarer Gesetzgebung illegal sein müsste.

Der alte Ypsilon schrie:

„NICHT HINHÖREN! DAS IST EIN TRICK! HALTET EUCH DIE OHREN ZU! WIR MÜSSEN SCHNELL WEITER!"

$\alpha$-16.28 tat es den anderen nach, und hielt sich vorwärtsjagend die Ohren zu, weil die geringe Distanz zum Flussufer auf einmal einen willkürlichen Mix aus hormonellen Schüben im Brustkorb freigesetzt hatte, der sich von väterschaftlichen Gefühlen über sehnsuchthafter Verehrung bis hin zu sexuellem Begehren erstreckte. Bald zeigte sich, dass das schnell aus der Reichweite flüchten ihnen das Leben rettete, jene zehn, zwölf Alphas, die zu nah dran waren, um den verführerischen Klängen zu widerstehen, signalisierten ihr Schicksal mit erschreckten Schmerzensschreien: Auf einmal schien der Grund des Flusses rot zu glühen, Dampf stieg auf. Ächzend und stöhnend schritten sie trotzdem weiter auf die Musik zu. Jene, die es wagten, zurückzublicken, wurden mit dem Anblick ihrer in kochendem, brodelndem Wasser strampelnden Mitmenschen bestraft. Es waren nur noch knapp hundert Meter bis zur Antenne. Je näher man kam, desto stärker wurde das Gehirn vom Signal eingelullt. Doch als der Lambda aus dem Laubwäldchen zwischen schattigen Gebüschen, ein gehörntes, schnaubendes Wesen in Gestalt eines Minotaurus wahrnahm, überkam ihn doch ein mulmiges Gefühl. Als sie sich alle zitternd um den Funkmast versammelt hatten, mussten sie zugeben, dass es ihnen sehr schwerfiel zu denken, und sie große Mühe hatten, sich zu artikulieren. Gleichzeitig

186

spürten alle ein Ziehen in ihrem Hodensack. Mit geöffneten Mündern und den Händen am Kopf standen sie da, jene, die das System auf besonders fiese Weise ausmerzen wollte... ein hier ohne seine Uniform und Dienstwaffe völlig autoritätsloser Delta wandte seinen Schädel und zeigte auf einmal mit einem gedrungenen:

„Mmmpf!" in eine Richtung. Über eine wild bewachsene Wiese, die gesäumt war von Orchideen und Sonnenblumen, kam langsam etwas auf sie zu. Erst beim näheren Hinsehen war ein dinosaurierartiges Wesen erkennbar, auf dessen Rücken eine Person im Sattel saß. Beim Näherkommen glaubte $\lambda$-13.13 tatsächlich einen Triceratops zu sehen. Er wusste kaum etwas über Paläontologie, doch war sich sicher, dass es diese evolutionäre Spielart eigentlich seit fünfundsechzig Millionen Jahren nicht mehr geben dürfte. Mit stampfenden Schritten kam das zehn Tonnen schwere Reptil näher, doch noch furchteinflößender als der knapp neun Meter lange Saurier war der Mensch, den er beförderte: Rein optisch war sie eine bildhübsche Frau. Doch ihr entblößter Oberkörper und das wallende blonde Haar, das aus ihrer mit Rabenfedern geschmückten keltischen Kulthaube herausfiel, konnten nicht von den wahnsinnig blitzenden Augen ablenken, die mordlustig aus ihrem blutverschmierten Gesicht stierten. In den Händen hielt sie lederne Zügel, die über ein Gerät mit Drähten direkt in der Schläfe des Triceratops zu münden. Rechts neben einem der ein Meter langen Hörner war eine Art Schaltkasten angebracht. Schließlich gebot die Frau ihrem Reittier mit einem Zug am Riemen, dass es vor der verängstigten Menge stoppte. Mit herrschsüchtigem Gesichtsausdruck schaute sie in die Runde und höhnte:

„MEINE Herrschaften! Willkommen auf Paraphilon Zwo. Ich darf sie alle recht herzlich auf meinem kleinen privaten … Lustmond begrüßen. Förmlicherweise muss ich euch darauf hinweisen, dass nach dem Eugenischem Strafgesetz zwar keine Fortpflanzung mit euch Klonschischey erlaubt ist, aber nach Sterilisierung ein Ehevertrag geschlossen werden darf." Schadenfroh deutete sie auf die Antenne und fuhr fort: „Ihr gehört jetzt mir. Und da ich es gewesen bin, der euch als Ehevertragspartner ausgewählt habe, seid ihr jetzt mein Eigentum. Außerdem habe ich euch wirklich billig dem Justizvollstreckungsamt abgekauft. Ihr könnt euch glücklich schätzen." Der Dinosaurier stampfte zwischen den verängstigten Klonen hindurch, und sie sagte gelangweilt seufzend:

„Im Grunde bin ich nur eine schwerreiche Milliardärstochter eines lunaren Pharmalobbyisten, verurteilt mich nicht. Ich suche nur nach einem Weg, mich zu beschäftigen, bis zur Synchronizitätsfeier zur Wintersonnenwende 2323. Warum nicht auf dem eigenen Grund und Boden der Lieblingsbeschäftigung nachgehen, hmmm? Was kann ich denn dafür, dass die Gentechnik, die immer weiter nach ihrer eigenen Perfektion strebte, die sich nun mal ohne Herantasten ans menschliche Genom nicht erfüllen ließ, letztendlich die Verdinglichung ihrer eigenen Spezies verursachte? Tja... egal. Die letzten einundzwanzig von euch, die zum Anbruch des morgigen Tages, also in ca. vier Stunden, noch am Leben sind, erwarte ich zu einem ausgeprägt vergnüglichen Kennenlernen der eigenen sexuellen Schmerzgrenzen in meinem Lusttempel."

Lüstern lächelnd verwies sie mit ihrer zarten, mit Ketten

und Ringen behangenen Hand auf die auf einer Anhöhe gelegene, in griechischer Architektur gehaltene Tempelanlage.

„Bin gespannt, wer von euch die Prüfung besteht.", säuselte sie gedankenverloren mit ihrem irgendwie geisteskranken Grinsen. „Vielleicht ja du, Fleischklops?!" Sie bedeutete ihrem Saurier, sich mit seiner geschuppten Hornplatte an den muskulösen Rücken des einen Omegas zu schmiegen. Der vier Meter große Hüne stieß ein verstörtes Grunzen aus, als er zurückwich, sah man ihm seine Furcht in Form eines großen braunen Fleckes am Hintern an.

„Zuallererst, aber...", sagte sie völlig irre kichernd, „... solltet ihr wissen, dass Schnapszahlen Glück bedeuten, hihihi! Wer von euch ist $\gamma$-12.12?"

Nur sehr zögerlich löste sich aus einem Knäuel der Muskelkraft verhafteten Betas mit ihren Bodybuilderkörpern ein auf Ausdauer und Agilität getrimmter Gamma, und tapste mit seinen Läuferwaden unsicher vor seine neue Besitzerin.

„Du hast die Ehre, dass es sehr viel schneller geht. Schließlich warst du weder mein erster noch und mein letzter Ehemann. Meine zweite große Leidenschaft ist es übrigens, über Leben und Tod zu entscheiden, was heute so einfach auslebbar ist wie noch nie.", flüsterte sie kalt, und holte aus ihrem Gürtelholster eine Pistole, die aussah wie ein Revolver, der jedoch eine viereckige Batterie satt einer Trommel mit Patronen aufwies. Ohne eine Miene zu verziehen, drückte sie ab.

Der Arme hielt sich noch die Hände vors Gesicht, doch als der orangene Lichtstrahl sein Schulterblatt traf, kam er mit seiner schmerzverzerrten Mimik nicht mehr dazu, einen Schrei auszustoßen, weil er innerhalb einer Sekunde mit einem dampfenden *#Platsch* zu einer blubbernden rotrosagelben Pfütze denaturalisiert wurde. Geschockt wichen alle von dem brodelnden Fleck zurück, indem sich nun auch die Knochen auflösten. Das kompromisslose Schusseisen wegsteckend, rief sie dann lachend:

„Ihr könnt ja die nächsten Minuten darüber philosophieren, ob dieser Gnadenschuss gerade ein Ausdruck von Humanismus gewesen ist, haha! Aber jetzt...", ihre Augen funkelten geheimnisvoll, „... jetzt wird erst einmal die Herde ausgedünnt!" Sie führte ein gewaltiges Jagdhorn an die Lippen, und stieß ein gewaltig wummerndes, nervenzerfetzendes Tröten aus. Dann setzte sie sich auf ihrem Triceratops in Richtung der durch weiße Marmorsäulen gesäumten Tempelanlage in Bewegung. α-16.28 bemerkte, dass sich hinter einem einer Beine ein vor Todesangst wimmernder kleiner Omikron versteckt hatte und stammelte mit seiner Piepsstimme irritiert in die Runde:

„Hmmpf?! Waa? Waaas … ist das? Hört ihr das auch? Was … ist das für ein Geräusch?"

Vom Horizont, der so lächerlich nah dran schien, war das Getrappel von etwa zwei Dutzend paar Hufen zu hören. Dann sah man, wie über die grüne Hügelkette ein ganzes Rudel Zentauren in griechischer Kampfrüstung auf sie zu galoppiert kam. In einer tödlichen Parabel ergossen sich nun Brandpfeile und Wurfspeere auf die auseinanderstäubende Menge. Aus der Richtung, aus der sie gekommen waren, tauchte ein kreischendes Mischwesen auf, ein überdimensionales, fünfzehn Meter hohes Hundewesen, das drei willkürlich zuckende und mit den Schnäbeln klappernde Geierköpfe hatte, wo eigentlich der Logik nach ein gigantischer Golden-Retriever-Kopf sein müsste. Diese chimärenhafte Ausgeburt grausamster laboratorischer Spielereien humpelte auf einem Hinterbein, und hatte ganz offensichtlich höllische Schmerzen... was es bestimmt nicht weniger aggressiv machte.

„IN DEN WALD!", brüllten viele, als sie alle in einer irren Hetzjagd, die durch Pfeilhagel immer mehr Leute per Zufallsprinzip herauselektierte, über die Wiese rannten. $\lambda$-13.13 riss am Arm von $\alpha$-16.28 und schrie verzweifelt:

„NEEEIN! NICHT IN DEN WALD! DA IST ES AUCH NICHT SICHER!" Als er stehenblieb, und sich umsah, durchbohrte ein Pfeil seine Stirn. Neben einem heulenden und schreienden $\alpha$-16.28, der neben ihm kniete, war das Letzte, was er zu sehen glaubte, wie eine schwebende, winzig kleine Fee mit einem staubsaugerartigen Gerät über seine Brust fuhr und zwinkernd scherzte:

„Was? Zuviel „Geistfrei" gesehen? Madame Loreans will einfach nicht, dass ihr unsere kleine hübsche Ionosphäre verseucht."

191

*Es war, als würde er durch einen langen, dunklen Tunnel gesogen. Schließlich fühlte er sich unerträglich doll komprimiert, es war eng, als wäre er auf einmal ein leerer quaderförmiger Schuhkarton, der auf einen Berg mit zigtausenden anderen Kartons aufgeschichtet wurde...*

## Zwischen dem Donnern

Dresden, der 9.11.1929

„Bist du net noch a bissl zu jung zum Rochen, Kleener?", fragte Frau Ochsenfelde skeptisch, als sie mir im Treppenhaus begegnete. Sie stand ein wenig gekrümmt über ihrem Besen, vormittags sah sie sich in der Pflicht, dem heruntergekommenen Mietshaus ein gewisses Maß an Hygiene einzuheimsen. Etwas verlegen über die fremde Fürsorge gestand ich:

„Schon... aber lassen kann ich's och nimmer! Bitte erzähl'n sie des meinem Vati net!"

Ich eilte vorbei an ihr, die knarzenden Treppenstufen herab, bis zur großen Tür, die sich nur öffnen ließ, wenn man sein ganzes Gewicht an die Klinke hängte. Kalte Novemberluft. Die Knöpfe meines viel zu großen Mantels wurden zitternd zugeknöpft, und langsam trat ich die Steinstufen herunter, schnipste den Zigarettenstummel über das Geländer und sah mich um. In welch einem Schnappmesserviertel verbrachte ich nur meine Kindheit? Armut, Schmutz und Existenzängste standen den Passanten ins Gesicht geschrieben. Eingemummelte Obdachlose zitterten am Straßenrand, Mütter mit Kindern, denen der Hunger am meisten zu schaffen machte, zogen frustriert von Ladentür zu Ladentür, in der Hoffnung auf ein paar Almosen. Leider konnte ich die vielen Schilder nicht lesen, die sich einige Arbeitslose hoffnungsvoll um den Hals gehängt hatten. Ein blauer Opel fuhr durch die Straße, plötzlich hörte ich eine sehr vertraute Stimme meinen Namen rufen:

„Hey! Huhuu! Gerd! Hier bin ich!" In einer Seitengasse stehend, winkte mein bester Kumpel zu mir herüber, über einen Kieselsteinwurf an unser Fenster hatte er mich herausgebeten. Kindliches Händeschütteln. Mit seinen dreizehn Jahren war Helmut zwei Jahre älter als ich. Sein Vater war im Krieg geblieben, deswegen benahm er sich häufig sehr ungezogen.

„Na du Lufthut? Alles bestens?" Er pustete mir Tabakqualm ins Gesicht. Hustend erwiderte ich:

„Ach, passt schon. Den Hunger kennen wir ja. Hoffentlich wird es net wieder so furchtbar kalt!" Frierend steckte ich meine tauben Kinderfinger in die Manteltaschen und so spazierten wir ein wenig die Straße herunter. Vor einem Schaufenster stupste Helmut mich an und witzelte:

„Hey, hast du vielleicht Zwo Milliarden Reichsmark bei dir, denn könnten wir uns das Brot da kaufen? Was ist'n eigentlich los mit der Welt heutzutage?" Von mir erntete er dafür ein verunsichertes Lachen. Mein Magen knurrte. Seiner knurrte noch lauter. Fordernd sah er mich an. „Sollen wir uns nicht etwas für unsere Beißerchen stibitzen!?"

Empört wehrte ich mich gegen diese Idee:

„Aber Helmut! Man darf doch nicht stehlen! Es ist verboten!"

„Sagt wer?", fragte er belustigt.

„Na die Mutti hat's so beigebracht!"

„Aber natürlich, schon klar!", seufzte er, und sah bedürftig auf die Backwaren im Fenster, während ich mir die Frage stellte, wieso seine Mutter ihm so etwas Essentielles nicht hatte eingebläut. Gerüchten zufolge bewegte sich diese Frau jeden Abend sehr obszön in einem dieser Tanzlokale in der Innenstadt, in dem sie immer dieses neuartige, verwirrende Gedudel spielten. Meine Mama arbeitete sehr hart in einer Konservenfabrik. Obwohl sie täglich sehr lang sehr sehr viele Blechdosen stanzte, reichte ihr Verdienst nicht aus, um uns drei sattzukriegen. Mir fehlte unser altes Haus. Auf die Frage, warum alle in unserer Heimat so bitterarm geworden sind, und alle so frieren und hungern und kaum jemand noch Arbeit hat, wusste der Vati genaue Antworten: Er schimpfte auf die Regierung, hetzte gegen Frankreich, oder schwelgte nostalgisch in der Vergangenheit, als der Kaiser dieses Land noch einte. Manchmal schimpfte er auch auf die Juden. Mir wurde trotz seiner vielen Ausführungen nicht ganz klar, was denn an diesen Menschen anders sei. Seine ausgeschmückten Horrorgeschichten bestätigten sich in der Wirklichkeit kein einziges Mal. Manchmal, wenn ich mitkam, um die Essenskarten einzulösen und Tragen zu helfen, humpelte er neben mir her, deutete abfällig auf eine Gruppe Passanten, während Hasstiraden aus seinem Mund polterten.

Jaja, im Schimpfen war der Vati gut. Aber seine Wutausbrüche machten mir nicht viel aus, schließlich wusste ich, dass dieser Mann tief im Innern noch immer von Todesangst kontrolliert wurde. Es gab nur ein Bett, und oft wurde man von seinem Gewimmer und Gewälze wachgehalten. Dann schreckte er auf, und betastete mit fassungslosem Blick seinen Beinstumpf. Mutter brauchte dann immer einen Moment, um ihren Ehemann zu beruhigen, und ihm zu erklären, dass es nun alles schon über zehn Jahre her ist. Diese allnächtliche Szenerie schlug ihr mit jeder Wiederholung doller auf den Magen. Manchmal, wenn mein Vater wie jeden Abend seine Invalidenrente in Gegenwart ehemaliger Kameraden versoff, saß ich mit ihr am Tisch, und sie erzählte mir aufgelöst von der Zeit, bevor das europäische Pulverfass in einem grausigen vierjährigen Krachen detonierte. Bevor man den Vater in eine feldgraue Uniform gesteckt, und ihm Pickelhaube und Gewehr gereicht hatte, und er begeistert aus dem Eisenbahnwaggon gewunken hatte, war dieser Tischlergeselle ein normaler, junger kerngesunder Mann gewesen. Ein ganzer, vollwertiger Papa halt, mit zwei Beinen, ohne Furcht in alltäglichen Situationen. Plötzlich bog ein Lastwagen um die Ecke, und riss mich aus dem nachdenklichen Gegenüberstellen meiner und Helmuts Eltern. Das Fahrzeug bremste quietschend vor einer Meute Bedürftiger, die man heute nicht mehr am Äußeren erkennt. Von der Ladefläche sprangen drei uniformierte Männer in Springerstiefeln. Sie luden Säcke und Kisten ab, brachen Brot entzwei und verteilten es unter den erschöpften Leuten. Einer von ihnen drückte den Hungrigen Zettel in die Hand und schmetterte Parolen. Vereinzelt hoben ein paar Bürger enthusiastisch den rechten Arm, andere schüttelten den Kopf. Wir stellten uns an. Nach etwas Wartezeit standen Helmut und ich vor den dreien, sahen verunsichert auf die braunen Feldblusen und auf die Armbinden mit dem Symbol, welches nun überall in der Stadt auftauchte. Da wir Kinder waren, gaben sie uns neben dem Brot auch noch etwas Schokolade. Fassungslos lächelten wir und bedankten uns bei den Männern. Einer beugte sich herunter, legte uns die Arme auf die Schultern und sprach:

„Wisst ihr denn, wer daran schuld ist, dass zwei brave, unschuldige deutsche Buben wie ihr zwei hungern müsst?" Ich wusste keine Antwort, völlig perplex über die Fragestellung, die mir doch auch so oft durch den Kopf ging. Hilfesuchend sah ich zu Helmut, der war ja schon älter. Der aber zuckte mit den Achseln und sagte zu dem Mann in Uniform:

„Die Engländer und Franzosen vielleicht?"

„Die haben damit auch zutun! Hier! Gebt das euren Eltern! Die verdammte Republik ist schuld! Der Kanzler muss weg! Wird Zeit, dass das Reich wieder von einem starken Mann geführt wird! Sieg Heil!" Ich betrachtete das Blatt Papier mit den schwarz-weiß-roten Farben, und den fünf Buchstaben, in der Mitte ein Mann mit Scheitelfrisur und Oberlippenbärtchen...

Damals konnte ich noch nicht ahnen, dass ich über kurz oder lang in den gleichen Alptraum geraten würde, der auch das Leben meines Vaters zerstört hatte...

„Ja, ich erinnere mich.", schnaufte Uropa Gerd, und sah mit stumpfen Augen aus dem Fenster. Martin, der das vergilbte Tagebuch in der Hand hielt, aus dem er seinem Urgroßvater eine autobiographische Passage über die Zeit aus seinen Kindertagen in den Zwanziger Jahren vorgetragen hatte, saß in der Mitte, neben Alex und seiner Mutter, er sagte:

„Donnerwetter, Uropa! Das hat ja schon literarischen Charakter! Wusste gar nicht, dass du als Kind schon so schreiben konntest!" Seine Mutter schaute auf den sabbernden Mann im Rollstuhl und erzählte:

„Das hat der Uropa auch ein paar Jahre später geschrieben! Als euer Urgroßvater als Soldat in Gefangenschaft geriet, hat er nämlich sein ganzes bisheriges Leben aufgeschrieben, soweit er sich erinnern konnte." Mit seinem blöden vierzehnjährigen Verstand hatte Alexander nichts anderes zu tun, als begeistert zu fragen:

*„Wow! Wenn du bei der Wehrmacht warst, hattest du denn auch eine MP-40?"*

Irgendwas klickte, klingelte, kam wieder hoch. Nein, alles stand nicht in den Tagebüchern. Manche Sachen blieben jedoch eingebrannt. Sie würden nicht vergessen werden, nicht einmal jetzt, wo er vermehrt nicht mehr wusste, wo er sich befand. Er hatte den Befehl verweigert. Helmut, damals Obersturmführer bei der Waffen-SS, war nach

201

dem Krieg noch lange ein hohes Tier im Pumpspeicherwerk gewesen, bis in die Siebzigerjahre. Irgendwann kam ein Pole, ging zum parteitreuen, neuen Werksleiter und meinte mit Tränen in den Augen, er hätte diesen Mann schon einmal gesehen. Als Kind. In einer kollektiven Heckenschützenpsychose, vermutlich seit drei Tagen ohne Schlaf dank des Pervitins, hatte eine versprengte Einheit der Waffen-SS ein ganzes Dorf zu Partisanen erklärt, sie alle in eine Kirche getrieben, und das Gebäude mit Flammenwerfern angezündet, und jeden, der herausrennen wollte, niedergeballert. Er konnte den Abzug nicht drücken. Dabei hatte er zu Beginn an der Westerplatte nicht mit der Wimper gezuckt, den Feind abzuschlachten. Er hatte gehört, wie Wieluń dem Erdboden gleichgemacht wurde. Doch das hier war anders, Frauen und Kinder abzufackeln, bedingungslos eine Dorfgemeinschaft auszulöschen, von der Disziplin der Soldaten und der Befehlsstruktur war nichts mehr übrig, Gerd sah geschockt, wie blutverschmierte Männer wie Wilde aus dem flammenden Rauchmeer heraustraten, mit blutigen Gewehrkolben, Äxten, Spaten, Brettern, was man eben finden konnte... Mutter bemerkte den verschlossenen Blick, und sagte mit einem aufgesetzten Lächeln:

„Ach Quatsch, nun lasst uns doch heute an seinem hundertsten Geburtstag nicht über Schießgewehre und Mord und Totschlag reden! Das Leben ist doch schön! Nicht wahr, Opa?"

„Mhmmm.", raunte Uropa Gerd angestrengt und sah wieder aus dem Fenster. Für einen Moment hatte er große Mühe, die anderen zu erkennen, er fragte sich kurz, was diese Fremden von ihm wollten. Plötzlich war draußen vor dem Pflegeheim Lärm zu hören. Eine große Menschenmenge. Marschrhythmen wurden auf Trommeln geschlagen. Es war das Getrappel vieler Stiefel zu vernehmen. Neugierig spurtete Alexander zum Fenster und wandte mit seinem Uropa seinen Schädel zur Straße. Sie war in Fackellicht getaucht. Ein riesiger Demonstrationszug bahnte sich den Weg in die Innenstadt. Reichskriegsflaggen und verschiedene andere Fahnen wehten im Wind der Bewegung. Aus den Reihen der ihre Fäuste reckenden, entzürnten Bürger schallte es:

„WIR SIND DAS VOLK! WIR SIND DAS VOLK! WIR SIND DAS VOLK!" Einige glatzköpfige Kerle in Bomberjacken schrien:

„GENAU!!! AUSLÄNDER RAUS! AUSLÄNDER RAUS! DEUTSCHLAND DEN DEUTSCHEN!"

Der harte Kern stimmte in derartigen Parolen mit ein. Mitunter mischte sich ein:

„MERKEL MUSS WEG! MERKEL MUSS WEG!" oder ein:

„NIEDER MIT DER KANZLERIN! SCHEISS REPUBLIK!" in die bedrohlichen Wutschreie der aufgebrachten Demonstranten. Vereinzelt zeigte man den verbotenen Gruß.

„Was sind'n das für Leute, Mama?", fragte Alex verunsichert.

„Schon gut.", sagte Mutter beschönigend, und zog die Gardinen zu. Sie konnte es kaum fassen, vor neunundzwanzig Jahren hatte sie hier, in damals noch Karl-Marx-Stadt, für die Demokratie protestiert. Und nun schrie das Volk all das heraus, dass der Osten nie aufgearbeitet hatte, was wie ein dunkler Fleck weitergewuchert war, jahrzehntelang. Sie erschauderte bei dem Anblick der kantigen, durchtrainierten Männer, die da unter „Deutschland-über alles" - Gesängen die schwarz-weiß-roten Fahnen schwenkten. Opa Gerd, der eine Weile noch durch das geklöppelte Gardinenmuster geluschert hatte, auf die Gesichter und die Szenerie, die ihm so erschreckend bekannt vorkam, fast lächerlich in ihrem doch bekannten Ausgang, sah kurz zu seinem Urenkelsohn herüber. Dieser hatte sich desinteressiert auf einen Hocker gesetzt und spielte auf seiner PlayStation-Portable. Schon bald war das knallende und krachende Kriegsgetöse von *Battlefield V* zu hören. Er hatte den Versorgungstruppler schon bis zum MG42 hochgespielt.

*Als sich dann die Schlachtfeldgeräusche in das Getöse der lärmenden vorbeiziehenden Menge draußen mischten, mit ihrem Getrommel und dem Gebrüll, da wusste er, dass dieser Junge genau wie er damals nur ein weiterer europäischer Bub zwischen dem Donnern war.*